Francesco Mandelli

Osnangeles

BALDINI&CASTOLDI

*Osnago (*Usnach *in dialetto brianzolo) è un comune italiano di circa 4854 abitanti (circa: qualcuno potrebbe nascere o morire in questo istante) della provincia di Lecco, in Lombardia.*

Testimonianze archeologiche e i cospicui giacimenti di selci rinvenuti fanno risalire l'occupazione umana di quel tratto suolo compreso tra i torrenti Curone e Molgora con buona probabilità all'età preistorica, ma è solo con la fondazione della fabbrica tessile Galimberti che lo sviluppo industriale pone le basi per una crescita incalzante.

La pianta a triangolo rettangolo di Osnago è stata studiata per permettere, conoscendo la misura dei due cateti, di calcolarne rapidamente l'ipotenusa tramite il teorema di Pitagora.

In mezzo ci passa la statale.

È un paese per vecchi.

Gran parte dei giovani rimasti in paese sono affetti da progeria, altri si sono sposati fra loro e sono andati a convivere in case che stanno sistemando al di là della statale, altri ancora, vista la diffusa endogamia, sono stati rinchiusi nei vari centri per disabili della zona a giocare con il Pongo.

Quelli che sono riusciti a fuggire, correndo con i loro cervelli stretti-stretti sottobraccio in sacchetti Cukigelo, sono andati a cercar fortuna presso le metropoli o presso l'estero.

Ognuno sentirà il bisogno di giustificare a se stesso e agli altri la propria scelta.

Ognuno rimpiangerà qualcosa.

Ognuno penserà che poi, in futuro…

INSERTO GRATUITO DI UN RAGAZZO ANDATO A LONDRA

Sono andato a Londra qualche anno fa, in cerca di qualcosa che non trovavo qui. Sono andato lì per fare esperienza. Mi serviva esperienza. Avevo speranze per qualcosa? Probabilmente sì.

Lavoravo come cameriere in una pizzeria. Avevo trovato quello e lo facevo in attesa che succedesse qualcos'altro. Londra era piena di gente e di cose da fare ma non potevo far molto: non avevo tempo, lavoravo sempre e i soldi mi bastavano giusto per pagare l'affitto, mangiare, comprarmi qualcosa da bere e qualche droga un giorno la settimana. Quel giorno spendevo tutto. Quello successivo lo passavo a letto per riprendermi e poi si ricominciava. Non stavo così bene ma nemmeno così male. Quindi non ho idea di come stavo.

Ricordo che, quando ero là, mi capitava di desiderare di essere qui, e ora che sono qui, mi piacerebbe essere là. In realtà non saprei bene spiegare questa cosa, dato che mi succede spesso di essere in un posto e desiderare di essere in un altro e poi quando ci sono non mi va bene lo stesso.

Passavano i giorni e io immaginavo di fare qualcos'altro ma non sapevo cosa. Probabilmente volevo solo più soldi e più tempo. Stare a Londra senza soldi e senza tempo non mi piaceva gran che ma facevo finta di sì. Procedevo con quel moto di orgoglio di chi se ne è andato di casa e vuole dimostrare di riuscirci, almeno per il tempo necessario a dimostrare di averci provato. Ci si demotiva alla svelta.

Non avevo specializzazioni, mi piaceva la musica ma non sapevo suonare, con l'inglese me la cavavo ma non abbastanza per poter esprimere quello che pensavo. Non ci riuscivo nemmeno in italiano. Mi sentivo solo. Intorno a me persone come me, giovani che provavano a fare qualcosa e non facevano niente se non andare alle feste. Le feste mi sembravano divertenti, si trovava con facilità una ragazza da portare a letto. Ci si raccontava cosa avevamo fatto e cosa avremmo fatto e ci si dava consigli sui posti dove andare e cose del genere. Legami fragili che diventavano subito ricordi. Andava bene. Ero andato via.

The modern age

guardo montevecchia dalla finestra della mansarda di casa mia. montevecchia è la prima collina della pianura padana prima che comincino le prealpi. vivo ai margini della pianura padana in pratica. ma non lo dico con disprezzo, eh? il mio orizzonte è incorniciato da una parte da montevecchia, il resegone, la val cava. di là, a sud, le colonne d'ercole. dio se solo potessi tirare una fune da qui fino a quel cazzo di santuario che sta in cima a quella collina e poi con un sistema di carrucole (sistema che, poi, brevettato da me, mi renda ricca), mi faccia decollare, volare via da qui, dalla provincia, dai montenegro nei baretti dei vecchi, del sempre le stesse facce, sempre le stesse frasi, sempre le stesse menate, sempre la stessa gente morta, sempre le stesse fabbriche, sempre le stesse statali piene di centri commerciali brutti, sempre gli stessi trattori e tutti dietro in fila, sempre gli stessi vestiti brutti, sempre le stesse sigarette, sempre le stesse voci, sempre le stesse macchine, sempre la stessa merda, sempre la stessa felicità, sempre le stesse nevicate ad aprile, sempre le stesse vigilie di natale in giro a bere, sempre gli stessi imboschi con la macchina per toccarci, sempre gli stessi concerti, sempre gli stessi film, sempre le stesse estati che non c'è un cane, sempre le stesse scuse per non andare a scuola, sempre gli stessi pianti, sempre le stesse. sempre la stessa. sempre lo stesso.

domani mi laureo. non so nemmeno io in cosa. ma mi ci posso anche pulire il culo, per quel che può importare a voi. di michele non ne voglio più sapere, silvia l'ho persa di vista, papà e mamma mi mettono un'ansia che metà basta... che cazzo ci sto a fare qui?

«erika!! è pronto! scendi.»

«arrivo, ma'.»

e invece no, decollo. se potessi farlo adesso con la carrucola sarebbe una vera bomba. ma c'è un tempo per tutto. adesso scendo giù, mangiamo davanti a *striscia la notizia*, vado a dormire. domani mi sveglio, mi suco tutta la pantomima della laurea e il pomeriggio sono su un aereo. voglio proprio vedere che cazzo mi dite poi… vorrei proprio vedere le vostre facce quando verrete a saperlo. oh non da me di certo, io sarò lontana. libera, in volo.

devo smetterla di raccontarmi stronzate. io qui ci muoio se no. è come se quando nasci debbano scegliere una specie di girone infernale dove metterti, da cui partire. c'è un modo per uscirne, mi dico, c'è un modo per spezzare l'incantesimo, devo farlo o semplicemente questa storia non avrà fine. se non lo faccio io magari toccherà farlo ai miei figli. ce la posso fare, appena in tempo, come quei sogni dove tu corri e dietro di te la terra si apre in una voragine di lava. corri più forte cazzo, devi decollare. una di quei cazzo di fratelli wright. la sorella diciamo… domani sarà diverso. per questo me ne vado.

up on a hill is where we begin
this little story, a long time ago.
stop to pretend, stop pretending
it seems this game is simply never-ending
oh, in the sun, sun having fun,
it's in my blood

i just can't help it,
don't want you here right now
let me go, oh, let me g-g-g-g-g-gooo

leaving just in time
stay there for a while
rolling in the ocean
trying to catch her eye
work hard and say it's easy
do it just to please me

TOMORROW WILL BE DIFFERENT
AND THIS IS WHY I'M LEAVING

The Strokes, *The Modern Age*

Sono stati raccolti dei fondi per un'altalena nuova da mettere al parchetto. Un'altalena per gente sulla sedia a rotelle. All'inaugurazione c'era il prete, degli africani che suonavano i bonghi e due ragazzini handicappati da usare come esempio per il funzionamento dell'altalena. Ci sono stati un discorso, gli applausi, mezza dozzina di bottiglie di spumante, le pizzette, i pasticcini, le foto con lo smartphone, le mani giunte in segno di commozione. Poi ognuno è andato a casa sua e gli handicappati sono stati riportati nel centro per disabili. Quando c'è un po' di vento si può sentire cigolare l'altalena.

Camminare per le strade del paese è come camminare per le strade di una qualsiasi desolata cittadina di uno spaghetti-western senza colonna sonora di Morricone. Una brezza montana proveniente da Pontida sferza e scava i volti, arrossa le guance, fa gocciolare i nasi, mette in difficoltà gli africani senza permesso di soggiorno nella loro attività di volantinaggio e trasporta palle di truciolato simili alla salsola secca.

La via principale è un sorriso di denti cariati, composto da una serie di negozi disposti sui due lati della carreggiata, l'uno in fila all'altro, in un alternarsi di tristezza, malinconia dei bei tempi che furono e serrande abbassate per fallimento. La piccola distribuzione ha ceduto alle sberle e agli spintoni di quella grossa, che si è insediata lungo la statale proponendo vasta scelta e convenienza, uno scontro fra pesi massimi e pesi piuma senza alcuna regola.

Nemmeno quei paguri dei cinesi, dei kebabbari e dei compro oro hanno valutato conveniente l'occupazione di quelle conchiglie disabitate e si sono insediati anch'essi lungo la statale.

Gli stranieri residenti nel comune sono 589, ovvero il 12,2 per cento della popolazione. Di seguito i gruppi più consistenti:

- Romania: 162
- Albania: 115
- Marocco: 92
- Senegal (non definito)

Il passaggio di un forestiero desta subito allarme. Le strade sono deserte ma hai sempre la sensazione di essere osservato. Nelle favole i sentieri in mezzo ai boschi sono tempestati da piccoli occhietti rossi, qui le persiane hanno gli occhi, attenti più di telecamere di sicurezza in una banca svizzera; nonostante siano costellati di rughe, infossati in pesanti borse o ricoperti da patine opache dovute alla cateratta, decine e decine di occhi monitorano costantemente la situazione. Altrettante decine e decine di mani nodose e rugose, mani prestate per anni alle aziende mobiliere, mani che hanno impugnato mestoli per rimestare centinaia di cassoeule, mani che migliaia di volte si sono unite in preghiera nella parrocchia di Santo Stefano, sono pronte ad alzare la cornetta del telefono e ad avvicinarla ad altrettante orecchie e a un numero inferiore di bocche. Bocche che l'impassibilità del tempo e le caramelle Rossana hanno reso simili ad asterischi imperfetti. Bocche che, dopo una sapiente passata ai bordi di un fazzoletto di stoffa per rimuovere quella spuma bianca lasciata da onde di saliva ottuagenaria, comunicheranno fra loro la minima avvisaglia di cambiamento del microcosmo paesano.

Osnago è un centro attivo e produttivo, dotato di un'area industriale di buone dimensioni (si contano oltre cento aziende attive), che si estende principalmente a est della statale, nella zona della Fiera di Osnago. La percentuale più consistente della forza lavoro è impegnata nel secondario, circa il 60 per cento dei lavoratori. L'avanzamento delle aree destinate all'industria ha determinato una riduzione delle attività agricole, che si conservano intatte solo nella zona occidentale del comune, ai confini con Lomagna, Missaglia e Montevecchia.

Tanti anni fa, ma nemmeno troppi, i negozi erano ancora tutti aperti, ci si sentiva tutti meno poveracci e tutto sembrava migliore. Le estati sembrano più lunghe. Gli inverni più inverni. Le primavere uguali. Gli autunni non mi ricordo.

«Maauurinoo, allacciaatiiii le scarpeeeee!» urlano gli spalti del campo a sette in terra battuta dell'oratorio di Osnago. Maurino, detto Teddy Raspin per la sua attiva carriera di onanista, gioca libero e gioca sempre con le scarpe slacciate.

Si sta giocando la partita Bislac contro Picit (i rioni a Osnago sono Tumbon, Bislac, Cios, Trimadon e Picit, tipo i *boroughs* di New York): maglie rosse contro maglie anice, tutte ugualmente attillate, di acrilico lanato, lana di roccia, eternit, polimero termoplastico di prurito vaffanculico intrecciato con playtex; pantaloncini corti, cortissimi, con lo spacco di fianco di cartapesta, di das, di intonaco, di pozzanghera secca; calzettoni tipo flashdance di finto pile senza elastico, giù sulla Tepa Sport a sei coi tacchetti di ferro, duri, sul campo a sette di terra, duro.

In campo uomini di ogni età, nani, panzoni, scheletri, gente che non si muove da anni. Uno svetta su tutti, danzando da solo in campo con la sua maglia rossa dei Bislac, è the Parrucc, un vecchio con un riporto di 36 centimetri che durante la corsa, a causa dell'attrito del vento, si apre sulla sua testa come la coda di un pavone, un simbolico El Shaarawy, un Balotelli crestato asimmetrico con la cresta che parte da sopra l'orecchio e solo da una parte. The Parrucc sta lì, in mezzo al campo, corre avanti e indietro senza mai toccare la palla, dall'alto dei suoi 55 anni portati male: è magro, longilineo, un airone fattosi uomo con un'ala sul capo che sembra che da un momento all'altro possa spiccare il volo e andare in cielo e non tornare mai più. The Parrucc gioca 60 minuti di pura poesia, lui e il suo riporto, senza mai toccare la palla.

The Parrucc è il nostro eroe.

Hanno scritto «W LA DROGA» con la bomboletta nera sul muro davanti alla chiesa. La poesia di quella semplice frase, la scelta di quelle poche parole, ha la stessa potenza di ribellione del gesto di un Bullit che passa per le vie del centro in impennata con la marmitta Giannelli.

Dante, un signore dell'età di mio papà ma che sembra l'urlo di Munch, gli passa davanti con noncuranza: ha una malformazione per cui deve sempre stare con la bocca aperta e in bocca ha dei denti che sembrano che glieli hanno sparati col fucile. «Pora stela!» dicono quando parlano di lui. Va in giro con le mani in tasca e non è facile farci conversazione. Non riesce a chiudere la bocca. Non sono mai riuscito a dirgli che io non avevo paura di lui come gli altri. Anzi, io gli volevo bene.

Tutti i nostri rapporti, amicizia compresa, si basano sulla menzogna. Per quanto possiamo autoconvincerci che non è così, mi spiace ma è così.

Il solo esempio del tentativo di autoconvincimento ne è la riprova: una menzogna addirittura a se stessi. Questo non è certo un male, una volta che lo si è capito.

L'unico modo di tollerarlo e poter, di conseguenza, portare aventi un rapporto, infatti, è esserne coscienti o restarne completamente incoscienti senza interrogarsene mai.

(Ma questo significherebbe essere scemi. Ed essere scemi forse sarebbe meglio. Ma essere uno scemo che non si accorga di essere scemo, però. Va be'. Mah.)

Sono le aspettative a creare la delusione.

In piazza, seduti sulle nuove panchine di marmo grigio un po' ruvidine ma all'ombra, ci sono Dodo, Lele, Bongo e Penati. A Dodo piace il metal ma ascolta di nascosto anche altra musica, ha gli occhiali e i capelli castani chiari con la riga da parte, un marsupio con dentro il portachiavi dei Dallas Cowboys, un portafoglio gonfissimo di tutto tranne che di soldi e una maglietta verde con la scritta «Bonfanti Termoimpianti» sul cuore.

Lele ha la maglietta dei Nirvana con la copertina di *Nevermind*, quella col bambino nell'acqua e il dollaro davanti. Ha il mento asburgico, un bel mentone alla Schumacher, e lo hanno stampato diverse volte a ragioneria: successivamente si iscriverà all'università, facoltà di giurisprudenza. All'epoca pensavo che all'università ci andassero solo quelli bravi, poi ho capito che non è così.

Il Bongo è un ragazzo grassottello che si esprime in maniera strana: articola le frasi con vocaboli a metà o storpiati accompagnati da imbarazzati movimenti delle braccia, tipo «oggi ho mangiato pasta di cetrioooli». È ritardato, verrebbe da dire a vederlo. Ma è solo un ragazzo molto sensibile che ha un modo di parlare un po' strano. No, è decisamente un ritardato, verrebbe da dire a guardarlo una seconda volta essendo a conoscenza di questa informazione che è solo molto sensibile.

Va bene, pensate quel che volete.

Per questa sua caratteristica i suoi amici tra qualche mese lo allontaneranno dalla loro compagnia. Cambieranno atteggiamento nei suoi confronti fino al punto in cui lui si sentirà escluso. Questo fatto segnerà il suo modo di vedere le cose e acuirà la sua insicurezza.

L'ultimo è Penati: anche lui ha il marsupio, non parla mai tanto e incute un po' di timore. Sembra che da un momento all'altro possa scattare, come fa a calcio con la sua inconfondibile discesa palla al piede sulla fascia, accentrandosi un po' per resistere alle cariche del difensore, ulteriore leggero accentramento, alla Robben per intenderci, e tiro, sbam! in faccia al portiere. Sempre così. La sensazione è quella che non intenda segnare ma solo cercare di fucilare il portiere e poi godere come un cecchino sadico sotto i baffi. Ama leggere la «Gazzetta» e organizza le trasferte della Juve.

Sul suolo osnaghese hanno sede un circolo ARCI, un circolo ACLI e l'auditorium «Spazio Opera Fabrizio De André», una capiente sala cinematografica che fa parte dell'attivo centro parrocchiale locale, e una piccola galleria d'arte. Tra i mesi di maggio e luglio dal 1997 si tiene annualmente la manifestazione «Un mese per gioco» in collaborazione coi comuni limitrofi, la parrocchia locale e le associazioni di zona. L'evento consiste in serate di cinema all'aperto, concerti di musica classica, spettacoli di burattini. Inoltre c'è il tradizionale appuntamento con la Fiera San Giuseppe Artigiano.

Le strade sono piene di ragazzi che pedalano, rimanendo immobili, su mountain bike fluorescenti con cambio Shimano a 18 velocità impostate sul rapporto da salita. In mezzo a loro passa Mattavelli in impennata: Mattavelli è diventato famoso qualche anno fa perché ha fatto dalla Capeleta di Osnago fino a dopo il catenificio di Cernusco in penna sulla bici. Saranno almeno tre chilometri. Un'impresa storica. Ci è riuscito al quarto tentativo. Il Mattavelli dei giorni nostri lavora per una ditta di lamiere di Merate. Salda, di base.

Due passanti, che sono anche visivamente conoscenti, camminano pian piano, in sensi di marcia opposti, nella nuova piazza della Pace, dove al centro hanno piantato un ulivo per chiarire meglio l'idea di pace. Ogni volta che le loro traiettorie si incrociano avviene questo dialogo:

«Tel zet ti? Tel zet?»

«El zu no mi. El zu no mi.»

«Ti tel zet? Ti tel zet?»

«El zu no mi. El zu no mi.»

«Tel zet ti? Tel zet?»

«El zu no mi. El zu no mi.»

«Ti tel zet? Ti tel zet?»

«El zu no mi. El zu no mi.»

Dopodiché ognuno prosegue per la propria strada con le braccia dietro alla schiena finché non completano nuovamente il giro.

Dal 1946 sino al 1995 il comune è stato amministrato da giunte monocolore espressione della Democrazia Cristiana, con sindaci Gaetano Morell (1946-1980) e Angelo Bonanomi (1980-1995). Dal 1995 a oggi è stato amministrato da giunte espressione della lista civica di centrosinistra Progetto Osnago, sindaci Marco Molgora (1995-2004), Paolo Strina (2004-2014) e Paolo Brivio (attualmente in carica).

C'è un ragazzo, sui ventitré anni, la forma di una pera abate e dei bei riccioli biondi, che si mette il gilet fosforescente, quello per cambiare le gomme alla macchina, e va a dirigere il traffico. Nessuno lo ha autorizzato: lo fa di sua spontanea volontà, per darsi un ruolo; lo fa con un'aria molto seria.

Fa cenno di proseguire o di liberare l'incrocio, indica parcheggi liberi con ampi gesti da vigile. Come le persone con una certa autorità si è anche fatto crescere i baffi. La gente lo prende in giro, lo manda a quel paese o cerca di tirarlo sotto con la macchina, ma lui è impassibile.

C'è una ragazza sui ventidue anni che ha in mano due sacchetti del Conad. Esce di casa già con i sacchetti pieni e comincia a camminare spedita avanti e indietro per il paese. Lo fa per tenersi in equilibrio. Al posto di usare un treppiede o qualcosa del genere ha architettato questo escamotage dei sacchetti. La sua faccia sferza il vento e sembra la prua di una nave: aerodinamica, il mento che spinge verso l'alto, i capelli neri e unti; è veramente goffa, sia come persona sia come nave. Non è nemmeno cordiale. Se le rivolgi la parola, fa un soffio simile a un serpente o un suono simile a un clacson, e procede via dritta con le sue buste del Conad. Non ha amici e non ha un fidanzato.

È arrivato in paese, non si è ben capito da dove, un uomo di bassa statura che dice di essere un Hare Krishna: avrà 44 anni ma ne dimostra 55, ha una Dyane verde con su disegnate delle margherite e la scritta a pennello LA MORALE STA NEL PIATTO. È uno che a vederlo ti giri dall'altra parte: se gli dai corda ti si avvicina pian pianino, se vede che ti allontani mentre si avvicina pian pianino allunga il passo e, una volta che ti ha raggiunto ed è entrato nel tuo spazio vitale, inizia a pontificare di pace, amore, di cosa è decisamente bene, di cosa non è decisamente bene e di lavarsi la faccia con la pipì delle mucche sacre, ma non è credibile tranne che per quest'ultima cosa.

Ha l'aria di quegli ex tossici che ti fermano in stazione e ti chiedono dei soldi in cambio della spilletta o della penna biro dell'associazione. Insomma, sembra una persona perduta che cerca di aggrapparsi a qualcosa senza suscitare compassione ma solo la voglia di liberarsene al più presto.

Il suo hobby è cucinare pietanze vegane da rifilare in giro: assomigliano tutte a vomito di diversi colori con un po' di curry o di curcuma sopra. Immancabilmente quelli che se ne fanno dare una porzione, un po' per avere una scusa per andare via, un po' per compassione, una volta arrivati a casa buttano tutto nell'umido, con un lieve senso di colpa che se ne va in fretta.

Questo Hare Krishna si è innamorato, volendo essere romantici, della ragazza con le buste della spesa e la segue ovunque lei vada con la sua Dyane verde con la scritta LA MORALE STA NEL PIATTO. La affianca e procede a passo d'uomo, sporgendosi dal finestrino e riversandole addosso montagne sacre di sconcerie.

Arrivano fino alla rotonda dove c'è il ragazzo a forma di pera che dirige il traffico, quello fa i cenni con le mani, tornano indietro e continuavano così finché la ragazza con le buste non si chiude in casa e rimane alla finestra ad appannare il vetro con l'alito.

Quindi il tizio con la Dyane se ne va, deluso.

Il giorno dopo, quando la ragazza esce di nuovo e il tizio con la Dyane la vede, ricominciano.

Sono i loro codici di geometrie esistenziali, per dirla alla Battiato.

Quello che dirige il traffico verrà portato via urlando dai vigili.

Una volta dovevo andare a Milano e ho dato un passaggio a dei ragazzi del paese che erano diventati anch'essi Hare Krishna dopo aver conosciuto il tizio della morale che sta nel piatto.

Avevano iniziato a frequentare un tempio vicino a Bergamo. Ricordo che, mentre guidavo, intonavano dei canti, delle sorte di lamentele stonate. Il suono delle loro voci era molesto, irritante e un altro sinonimo di fastidio; in più avevano acceso due o tre bastoncini di incenso. Mentre eravamo fermi in colonna a un semaforo su viale Zara, sono saltati giù dalla macchina e hanno cominciato a fare dei balletti elfici roteando i bastoncini di incenso nell'aria e perseguendo nei canti. Le macchine, allo scattare del verde hanno cominciato a clacsonare, ma loro non davano il minimo segno di voler risalire, continuando a ballare come dei Ganesh tarantolati. Più tardi, dopo averli mollati davanti a un centro sociale per la festa della semina, mi sono accorto che avevano infilato degli incensi all'interno di entrambe le serrature delle portiere della macchina, rendendole inutilizzabili.

Qualche anno dopo hanno abbandonato l'avventura Hare Krishna e sono ritornati tutti a essere semplici drogati senza troppe scuse.

Una Fiat Punto arriva e parcheggia vicino all'edicola ma non succede nulla.

Quattro ragazze adolescenti arrivano e si siedono su una panchina di marmo grigio vicino alla panchina di marmo grigio dove ci sono seduti i ragazzi con i marsupi.

La prima è una ragazza che è abituata a esser sempre seconda.

La seconda è una ragazza che era sempre corteggiata da giovane e poi con l'età è sfiorita; sta perdendo i capelli per lo stress e non riesce a darsi pace, continuando a rimpiangere il passato.

La terza è una ragazza che si vergogna di sua madre perché poi, magari, i ragazzi pensano che lei diventi brutta e grassa come lei.

La quarta è la più carina e ha appena salutato il suo nuovo amore in stazione e, dopo averlo baciato sulle labbra prima che salisse sul treno, è rimasta per una manciata di istanti a guardarlo negli occhi, continuando a muovere i suoi da sinistra a destra e viceversa perché lo aveva visto in un film d'amore e pensava che questa cosa facesse intendere a quel ragazzo quanto fosse pazza di lui.

Ogni occasione, questo pomeriggio, sarà buona per parlare di lui alle sue amiche. Valuterà l'idea di permettergli di mettere una mano lì al prossimo appuntamento. Nel frattempo il ragazzo salirà sul vagone e resterà a guardare, romantico, il soffitto della carrozza del treno color panna lucido con i fantasmi dei pendolari riflessi a testa in giù come sulle montagne russe, poi il pavimento di linoleum marrone. Scriverà a pennarello indelebile sotto al finestrino «GIULIANA TVB» dopodiché cambierà posto per non rischiare di essere scoperto da Simone De Simoni, un controllore molto puntiglioso e severo.

Troverà posto vicino a un gruppo di cinque pendolari abituati a sedersi vicini durante la tratta Milano-Lecco e non potrà fare a meno di ascoltare la loro conversazione. Lui non può saperlo ma quello che sembra il leader carismatico del gruppo, quello che tiene le redini della discussione, è in realtà il secondo leader carismatico di questo gruppo; quello che, quando è presente il primo leader, non riesce a esprimersi al meglio perché ottenebrato dall'ego di quell'altro.

Quando alla fermata successiva scenderanno sghignazzando l'attuale leader carismatico e altri due gregari del gruppo, fra i due pendolari superstiti si creerà l'imbarazzo tipico di quando viene a mancare un leader carismatico e non si sa più bene cosa dirsi, questo finché uno dei due romperà il ghiaccio con una banalità.

Curiosità morbosa di un lettore di nome Damiano
Domanda di Damiano: «E che fine hanno fatto le ragazze numero uno e numero tre?»

Risposta: «Domanda curiosa, Damiano, vediamo cosa è successo alla prima e alla terza ragazza circa vent'anni dopo».

La prima: la speranza di un principe cyan e di una vita diversa è stata pian piano sepolta da un misto di rassegnazione e inerzia velate di un lieve nichilismo, dallo scorrere del tempo (misurabile in termini di decomposizione), da umidi ciack! ciack! di cazzi occasionali, da impegni lavorativi, da numerosi e sempre nuovi passatempi tipo fare dei gioielli con il rame. Ma la speranza è ancora lì: la notte tira fuori un braccino e comincia a grattare. Sta prendendo in considerazione dei farmaci per dormire e dei farmaci antidepressivi. Dovrà rinunciare alle ferie per permetterseli.

La terza: è diventata grassa come la madre e ha iniziato a uscire con un mingherlino. Per entrambi era la prima volta, escluso un bacio a una festa. Si sono sposati e hanno fatto due figli, uno obeso e uno mingherlino. Nato il secondo non hanno più scopato. In famiglia si gioca sempre al gioco: faccio finta che va bene così, anzi sono entusiasta. Le giornate passano tutte uguali ma ogni settimana lei prova una ricetta nuova, per variare, ma la prima volta non viene mai bene. La seconda un po' meglio. Poi, però, deve fare sempre le stesse cose perché i bambini sono difficili a tavola. Il mingherlino arriva a casa dal lavoro, mangia, guarda il telegiornale e legge la «Gazzetta». Dormono con i calzini, dandosi la schiena. Il mingherlino la mattina ha l'alito cattivo e anche l'umore.

Entrambe le ragazze, quando si incontrano, non dicono mai ciò che pensano realmente: ogni tanto gli sembra di accennarlo.

Per un attimo.

Poi continuano come prima.

Damiano non sembra soddisfatto e si scopre che aveva fatto questa domanda per arrivare ad altro. Sì, ok... ma vogliamo parlare delle foibe?

Continuazione di piccole fotografie estemporanee

Di mattina presto, al buio, sotto una pioggerella sporca, decine di vecchie zoppicanti sono in fila fuori dalla posta per ritirare la propria pensione. Poco più tardi, il cielo è grigio e opprimente, la pioggerella sporca continua a cadere e le stesse decine di vecchie zoppicanti sono in fila, con la borsetta stretta al petto, fuori dal panettiere.

Comprare il pane di mattina è impossibile, o perlomeno molto difficile: la fila è come quella per visitare gli Uffizi, ma la concezione di «proprio turno» non esiste. Dozzine e dozzine di anziani si materializzano davanti al bancone impedendo l'avanzata degli altri: si combatte per una rosetta o un filoncino integrale, tutti parlano ininterrottamente, con un tono di voce simile a un brusio, creando un effetto simile a quello che si ha infilando la testa in un'arnia. Una delle commesse ha le corde vocali amplificate dalla laringe ingrossata e sacciforme ed emette un fortissimo e acutissimo latrato con cui ripete ogni sillaba finale di ciò che ha detto il cliente. Il pomeriggio il negozio è vuoto e si può entrare ma è rimasto sempre solo il pangrattato o una meringa, dura.

Dentro al panettiere c'è una foto di Osnago del 1900: c'erano molte meno case allora, adesso ce ne sono molte di più e in ogni casa ci sono delle persone. Queste persone hanno degli scopi, pensieri sul proprio futuro e giustificazioni sul proprio presente: l'insieme lo chiamano scopo. Si alzano la mattina e vanno a lavorare, pensano a cosa potranno fare con i soldi a loro disposizione e pianificano le loro vite. Pensano alla pensione e ai figli, e seguono una direzione che reputano giusta, si danno delle motivazioni e delle mete da raggiungere, si fanno delle idee, discutono fra di loro, si incazzano, sperano, si credono in qualche modo diversi dagli altri.

La Fiat Punto che aveva parcheggiato prima davanti all'edicola riparte solo per dimostrare che non era stata inserita nel racconto casualmente e compaiono due persone che vanno in direzioni diverse.

Una delle due persone è un figurante ignoto, l'altra è Samanta Samaritano e chiunque in paese è a conoscenza delle sue vicissitudini amorose. Eccole.

Le vicissitudini amorose di Samanta Samaritano:
8 marzo in isvizzera ore 23 circa – prima parte
Samanta Samaritano, 35 anni, segretaria presso una ditta di tessitura, pesci, sposata con Simone De Simoni, 37 anni, ferroviere, capricorno. Samanta Samaritano, astemia, durante la cena a base di pizza a forma di cazzo + spogliarello in un discopub della zona, serata in cui si era fatta coinvolgere dalle colleghe, le quali (le colleghe) le apparivano tutte molto

più spigliate e mondane di lei, mondanità e spigliatezza che in un certo qual modo invidiava e avrebbe voluto sue ma che al tempo stesso non poteva fare a meno di criticare per via di una rigidità morale che si trascinava appresso, fin da sempre, come un pesante trolley ma del quale (il trolley di rigidità morale) avrebbe fatto volentieri a meno se solo non avesse avuto paura del «cosa succede dopo» e avesse saputo a cosa aggrapparsi, avendo vissuto per trentacinque anni così, insomma, durante questa serata fra sole donne in libera uscita, dopo aver ingoiato una pizza a forma di pube maschile al salame piccante e olive, due panaché medie e un Fernet Branca, esser stata, dopo vari tentennamenti/incoraggiamenti da parte delle colleghe, trascinata sul palco da un giovanotto ligure condito con olio di cocco che le aveva agitato davanti, tenendole la testa a simulare una fellatio, quello che una volta tornata al tavolo aveva definito, arrossendo, «un bell'attrezzo», si era per un attimo lasciata andare e sentita un'altra persona, una donna capace di confessare alle colleghe con ironia e spigliatezza il fatto che, suo marito, il Simone, non l'avesse mai coperta da che stanno insieme, ossia ormai quindici anni.

«Con lui, non è che devo simulare l'orgasmo, devo proprio simulare anche la penetrazione»: testuali parole.

Un istante dopo che le panaché avevan parlato, era

tornata in sé e si era vergognata a morte di ciò che aveva appena rivelato e aveva glissato il tutto, che intanto si era trasformato in un imbarazzante silenzio di cui lei era protagonista, con un: «Stavo scherzando!» seguito da una risata (eccessiva nel tono e tradita dagli occhi), passando il resto della serata a disagio, mascherando i conflitti interiori con altre amare risate mentre la sua mente proiettava immagini di Simone che, con lei distesa sul letto in attesa, si applicava, con meticolosità, nel bagno della camera padronale, un'impalcatura per disfunzione erettile acquistata online, impalcatura che consisteva in due anelli e un bastoncino che, secondo gli esperti, avrebbero dovuto soccorrere-sostenere la sua virilità ma che, una volta uscito dal bagno, avevano rivelato soltanto la triste immagine di una sagoma ingobbita con un funghetto Coelsanus porporino, moscio e apparentemente steccato da una ironica stampella ortopedica alla Forrest Gump per intenderci, che faceva cucù (il funghetto) da sotto a una pancetta glabra e albina sostenuta da due esili gambette che lo facevano somigliare a un piccione.

Inutile entrare nei dettagli. Inutile dire che non aveva funzionato. Crudele riderci sopra. Tragico piangerci.

Simone, un giovane, educato e promettente controllore delle FS le era stato presentato dal padre, un capostazione ormai in pensione; una persona di vecchio stampo, padre e padrone, rigido e severo nei modi che aveva, con il suo carattere, contribuito a formare quello di Samanta, che era cresciuta timida, timorosa e con un difficile rapporto con il proprio corpo e con il sesso.

La scarsa, o pressoché inesistente, richiesta della «mano» della ragazza da parte della controparte maschile e la sua incapacità di replicare al volere del padre l'avevano convinta ad accettare la frequentazione del giovane controllore, che inizialmente si era dimostrato un po' impacciato, ma che avrebbe potuto descrivere anche con gli aggettivi dolce e premuroso.

Dopo l'invito a cena, da parte del padre, cui lui si era presentato cravattato, in uniforme, munito di Gran mix Ferrero per poi prodigarsi per l'intera serata in aneddoti e battute di dubbio gusto sulla vita alle Ferrovie, tutto si era svolto secondo i piani: il padre, la sera seguente, tra un cucchiaio di pasta e fagioli e l'altro, aveva approvato l'unione fra i due ragazzi e poi c'erano stati il cinema, la gita all'acquario di Genova, l'incontro tra le famiglie, le domeniche a comprare i caprini a Montevecchia, la vacanza a Cavallino, che è un po' meno cara di Jesolo, e il matrimonio.

Rispettosi entrambi delle antiche tradizioni avevano concordato di non consumare prima del gran giorno. Fino a quel momento le esperienze sessuali di Samanta erano state praticamente nulle, se tralasciamo un campeggio estivo a Cecina durante il quale un tedesco con i sandali di vitella era riuscito in qualche modo a trascinarla nella canadese che divideva con altri due amici e le aveva vomitato addosso un fiume di birre in lattina + stinco al forno con patate, non appena era riuscito a infilarlo tra la ragazza e il materassino e a dare due colpi, convinto di aver fatto centro. Quell'esperienza non aveva certo incoraggiato Samanta nella sua guerra interiore fra moralità e passione, tenendola a debita distanza dal non gentil sesso.

Svoltisi cerimonia, scambio degli anelli, pranzo e tutti quei convenevoli che andavano sbrigati, i due si erano ritrovati finalmente in camera da soli, finalmente, dopo due anni di fidanzamento, pronti a celebrare l'idillio dell'amore per mezzo dell'unione carnale. Come si è già svelato, nulla andò per il verso giusto, Simone non riuscì a entrare in Samanta nemmeno aiutandosi con il pollice per spingerlo dentro. Non c'era modo, e così avvenne per tutte le volte seguenti. In un patto tacito, rinunziarono ad avere rapporti e trovarono sfogo alle loro pulsioni sessuali in altri modi.

Le vicissitudini amorose di Samanta Samaritano:
9 marzo 1995 ore 14 – seconda parte

Samanta era sola in casa e, avvertito quello che dentro di sé aveva soprannominato «prurito», aveva chiuso la porta a chiave, abbassato gli scuri e, dato che questo «prurito»* era così intenso da vincere la sua battaglia interna tra cosa fosse o non fosse immorale, aveva avvolto del domopak attorno alla rubinetteria della vasca da bagno e, mettendosi carponi all'interno della stessa, è intuibile cosa avesse fatto, fantasticando sull'audace spogliarellista ligure cui faceva ripetere mentalmente la parola «Belandi», cosa che, non sapeva bene il perché, la eccitava moltissimo. Terminata la foga dettata dal piacere dell'improvvisato dildo di acciaio inox rivestito in domopak si accorse di essere rimasta incastrata.

Le vicissitudini amorose di Samanta Samaritano:
9 marzo 1995 ore 21 – terza parte
Arrivo dei pompieri.
«Sono scivolata facendo le pulizie.»

Extra, direttamente dagli Stati Uniti d'America: lo stesso giorno nella Città degli Angeli
Samuel L. Jackson ha appena iniziato a rompere i coglioni a un passante con il suo siparietto su Ezechiele: il poveraccio, pur di non sentirlo ripetere per l'ennesima volta quelle stronzate, gli leva la pistola di mano e si

---

* In un futuro che è al di là della nostra storia, Samanta, convintasi finalmente ad aprirsi e a parlare con uno specialista dei suoi problemi, continuerà a chiamare le proprie pulsioni sessuali: «pruriti», virgolettando l'aria con il cenno di entrambe le mani.

spara da solo. Samuel L. Jackson ci rimane un po' male ma cerca di non darlo a vedere, proseguendo a recitare tutto il versetto puntando sul cadavere una pistola finta da cowboy rubata a un ragazzino down. Poi, entra nella tavola calda lì di fronte, tutto speranzoso di poter fare il suo giochetto del portafoglio con scritto «Bad Mother Fucker».

I BAMBINI DELL'ASILO

I bambini dell'asilo sono nel cortile dell'asilo e io sono con loro: anzi, sono uno di loro. È appena iniziata la primavera ed è ora dell'intervallo. L'asilo è un edificio degli anni Sessanta, vicino al cimitero, cui si arriva da un vialetto alberato. Si entra in un cortile che dà accesso alle varie aule: sulla sinistra c'è un prato con i giochi e sulla destra, verso nord, un accenno di bosco.

È il 1983 e mi hanno detto che sono un mezzano: all'asilo ci sono i piccoli, i mezzani e i grandi, i grandi hanno cinque anni, i mezzani quattro e i piccoli tre. Odio l'asilo, le maestre e tutti i miei compagni tranne Raffaele, che è il mio amico, e Beatrice, che è la ragazzina che mi piace ma lei non lo sa.

Ogni tanto ci guardiamo, io e Beatrice.

Anzi, io la guardo sempre, lei ogni tanto.

Passo il tempo solo con lei e Raffa.

Oggi sono stranamente euforico: sarà la primavera, sarà il primo sole dopo l'inverno, sarà l'aria frizzantina, sarà che il latte la mia mamma lo compra in una latteria vicino all'Icmesa. Insomma, per qualche motivo sono tutto contento, e il mondo sembra meraviglioso, come quelli magici disegnati dalla matita di quel pederasta di Walt Disney: gli alberi sono in fiore e gli uccellini cinguettano froci sui rami. Qualcosa del genere, *Something like that* direi, se fossi il piccolo Frank Sinatra.

Mi avvio verso l'altalena multipla, grande, un ippopotamo di ferro giallo e rosso dove ci si sta su anche in sei, uno di quei giochi dove si continua spingere e spingere e spingere fino a quando qualcuno si fa male.

Ho il mio bel grembiulino bianco, stirato di fresco, la mia brava pettinatura da scolaretto con la riga da party, le mie calzette e i miei bei sandaletti blu della Primigi. Non porto più il pannolino ormai da qualche mese. Sono un ganzo. Come hobby, a casa, mi piace giocare con i pupazzetti dei Masters tipo He-man (che si chiama così per far capire che non è una donna, dato che porta i capelli come la Carrà). Come si gioca con questi pupazzetti? Se ne prende uno e lo si tiene in mano, poi se ne prende un altro con l'altra mano e, a seconda se è un amico o un nemico, si agisce in due diversi modi: se è un amico si fa dire al primo pupazzetto: «Ehi, ciao amico!» e poi all'altro: «Ehi, ciao come va?» e in risposta: «Bene amico!» per finire con un: «Dai, andiamo amico!» e: «Ok, amico!» A questo punto si simula che i due pupazzetti camminino e vadano da qualche parte, tipo sul divano. Se invece sono nemici li si fa semplicemente cozzare l'uno contro l'altro facendo dei versi con la bocca.

Almeno, io ci giocavo così. Mio cugino più grande li bruciava con l'accendino, gli tagliava gli arti con un coltello da pane o se li infilava nel culo e iniziava a correre. Ma lui era un ragazzo difficile, dicevano.

Torniamo all'asilo. L'altalena è occupata, ci sono su cinque grandi, cinque come le dita di una mano, cinque figli di cinque puttane che ora spero siano tutti in carcere. I figli e, perché no, anche le madri che li hanno cagati fuori da quelle fregne slabbrate. Cagne.

Già da lontano mi sento pesare i loro sguardi truci addosso. Ma il mondo è fantastico, la vita è una gioia, l'amore è nell'aria, sono a Topolinia, sorrido, mi manca un dente.

«Ehi, ciao amici», esordisco.

Con questo entusiasmo potrei lavorare nel settore televendite in futuro, penso.

Silenzio. Non mi danno la mano.

«Posso salir...» accenno tentando di posare un sandaletto sull'altalena. Non ho il tempo di finire la frase che una sberla, di una violenza inaudita per un bambino, mi gira la testa di lato.

Nel regno animale o nel mondo di Walt Disney sarebbe più o meno così: questa è la storia di un giovane gatto che chiameremo Gattino, che non ha mai avuto a che fare con altri gatti. È viziato, coccolato, abituato a stare al caldo in appartamento, a mangiare i suoi croccantini, a fare la pupù nella lettiera: basta un miao e a Gattino viene servito il suo Whiskas. Gattino un bel giorno decide di saltar fuori dalla finestra aperta e di andarsene a fare un giro giù in strada. Ah, che bel sole c'è! All'angolo, vicino alla tabaccheria e alla sala biliardi, in una cascina abbandonata, abita un branco di gatti randagi. Gattino, incuriosito e allegro alla vista dei suoi simili, si avvicina: «Ehi, ciao gente! Come butta? Io sono Gattino!»

Gattone, che è un gatto poco più anziano di lui, una cicatrice sull'occhio e il buco del culo sempre sporco, come benvenuto gli stacca mezzo orecchio a morsi e gli dà il benservito con una zampata. Il povero Gattino, ferito, deluso, triste, annoiato e asciutto se ne torna a casa frignando con la sua bella coda toelettata tra le zampe.

Ecco come ci disegnano le cose quegli imbroglioni!

Ho ancora la testa girata di lato. Vedo il cortile, i bambini si rincorrono, sento le loro risa rimbombare; altri bambini sono seduti in cerchio, due rondini disegnano degli otto con le loro traiettorie.

88. Heil Hitler!

Una suora di un'altra classe attraversa lo spiazzo con passo deciso, seguita dalla sua ombra, si ferma all'ingresso di un'aula, fa la conchetta con la mano e si annusa l'alito, entra nell'aula e chiude la porta dietro di sé.

È la prima sberla della mia vita dopo quella in ospedale, e fa male. Non è solo il dolore fisico, è qualcos'altro: è la mia prima lezione dai cortili. Il sorriso muta improvvisamente in una smorfia, il viso si colora di porpora, gli occhi si stringono, il naso si arriccia e si inumidisce.

Comincio a correre.

Corro con il vento a favore, usando finalmente appieno la potenzialità dei miei sandaletti Primigi che non riuscirò mai a sfruttare del tutto, per via di un esponenziale, quanto, a un occhio attento, altrettanto prevedibile, crescita del piede.

Corro forte, con le lacrime che si staccano dal viso e si perdono per strada. Corro sin dietro all'edificio, in fondo, in una zona dove non va mai nessuno perché è sempre all'ombra ed è piena di alberi e cespugli. Mi strappo questo dannato grembiulino di dosso e lo getto a terra. Mi tornerà utile, forse, un giorno per giocare al dottore con Benedetta.

Mi nascondo in uno dei cespugli e finisco le lacrime.

Non sarò mai più lo stesso.

Ciao ciao purezza.

Tutto era cominciato così: una mattina in cui dormivo sonni tranquilli, ero stato svegliato alla buon'ora da mia madre che, più agitata che mai, anziché vestirmi come al solito con una delle mie salopette, mi aveva infilato un grembiulino bianco di due taglie più grande (scoprii in seguito che quella della roba più grande era una tecnica per risparmiare sull'acquisto dei vestiti. Ad esempio gli orli dei pantaloni, che mi venivano comprati sempre più lunghi di quanto fossero le mie gambe, venivano ripiegati e cuciti all'interno in modo che, quando fossi cresciuto di qualche centimetro, sarebbero potuti essere scuciti e riadattati alla mia nuova statura) e fatto la riga da una parte.

Fino ad allora avevo vissuto seduto, fasciato dentro a una salopette. Pasciuto come un piccolo suino da salume, mi guardavo intorno con la bocca aperta e un'espressione vagamente down. C'erano sempre persone che venivano e facevano la fila per adorarmi e regalarmi giocattoli.

Se perdevo bava qualcuno mi asciugava. Se mi cagavo addosso qualcuno mi puliva. Quando avevo fame mi veniva dato da mangiare. Impartivo ordini piangendo. Ero una specie di piccola divinità arrogante e viziata al comando di uno stuolo di uomini molto più grossi di me.

Quella mattina, con la riga e il grembiulino, feci colazione e venni caricato in macchina. Seguivo con attenzione le mosse di mia madre in attesa di capire che cosa fosse saltato in mente, questa volta, a quella donna.

Il cielo era grigio, la strada era grigia, gli alberi erano grigi, arrivammo davanti a un grosso edificio grigio dal quale provenivano delle grida e dei pianti. Una vecchia dall'odor di trifolato, vestita di nero e incappucciata, mi prese per mano con il suo artiglietto e mi condusse in una stanzetta che puzzava di funghi, dove c'erano altri bambini tutti vestiti con grembiuli bianchi, come il mio. Tipo un villaggio dei puffi in un mondo visto su un televisore in bianco e nero.

Desiderai immediatamente di essere a casa, a giocare un po' a quel che mi andava, insomma, nulla di complesso: fare la vita che avevo condotto fino all'altro ieri. Pur di non restare in quel posto avrei potuto anche rinunciare a qualcuno dei miei vantaggi da divinità.

Mi misi in un angolo e aspettai in silenzio che succedesse qualcosa. Avrei voluto piangere ma pensavo che stando il più possibile immobile nessuno mi avrebbe notato e infastidito. Era una tecnica tipica di alcuni insetti.

Per qualche giorno sembrò funzionare. Avevo capito che dovevo stare lì e aspettare sino a che qualcuno fosse arrivato a portarmi via. Non capivo perché lo facessero: forse era per mettermi alla prova, forse avevo fatto qualcosa di male e questa era la punizione, forse volevano darmi un metro di paragone per dimostrarmi che stare a casa con loro era proprio il massimo che si potesse desiderare dalla vita e che io gliene fossi eternamente grato. Non potevano essere così stupidi da pensare che io volessi stare lì.

Fatto sta che scoprii presto che bastava avere pazienza e sarebbero venuti a riprendermi per riportarmi a casa. Era un abbandono temporaneo. Il giorno seguente mi avrebbero riportato lì e così via in una sorta di routine perversa, una routine che mi avrebbe portato a detestare il momento di alzarmi dal letto e il mattino in generale.

Fuori pioveva sempre e noi seguitavamo a rimanere immobili, seduti su delle piccole sedie davanti a dei piccoli banchi, in attesa di eseguire degli ordini e nella speranza di non venire percossi. Per non essere percossi, le vecchie incappucciate ci obbligavano a simulare di interagire fra noi, uomini di piccola statura dotati di grembiule, e a partecipare in maniera composta alle attività che venivano organizzate.

Una volta al giorno venivamo fatti alzare in piedi per eseguire dei canti: dovevamo ripetere le parole che dicevano le anziane mantenendo una certa intonazione. Era una pratica imbarazzante, e anche piuttosto fastidiosa per l'udito, ma era obbligatoria e ci sarebbe potuta servire in futuro se avessimo voluto diventare degli ultras. Anche perché, come nelle curve calcistiche, chi non cantava veniva percosso: quindi cantavamo.

Ho già detto che tutto era grigio? Sì.

E che pioveva sempre? Anche.

Gli unici colori a nostra disposizione erano rappresentati da dei pennarelli Carioca a punta grossa che ci venivano consegnati assieme a dei fogli con i quali, talvolta, ci lasciavano la libertà di eseguire delle croste o dei piccoli capolavori di astrattismo che non saremmo mai più stati in grado di riproporre con tale genuinità; la maggior parte delle volte la nostra fantasia creativa veniva tarpata, come ali di pappagallini da compagnia, e venivamo obbligati a colorare delle figure predefinite con colori predefiniti entro contorni predefiniti.

Una volta ci vennero forniti dei cestini contenenti dei cilindretti colorati che subito cercammo di ingoiare venendo immediatamente percossi. Adeguatamente spaventati, ci venne spiegato che quello non era cibo ma bensì una materia plasmabile, chiamata Pongo, con la quale avremmo dovuto ingannare il tempo costruendo delle statuine.

Quei cilindretti colorati si trasformarono immediatamente in una massa informe dal colore tendente al verde scuro con cui ricreammo delle statuine dalla forma di salsiccia, frittata o polpetta che vennero esposte sopra un mobile in fondo all'aula fino al giorno in cui vennero riplasmate in un'unica grande sfera che ci venne ridistribuita per creare nuove salsicce, frittate e polpette verdi scure con delle striature di altri colori.

Per le grandi occasioni, come potevano essere il Natale, la Pasqua o la festa del papà, dovevamo scontornare con i punteruoli delle figure di cartone che, col tempo, sarebbero finite in un cassetto e poi nella spazzatura. La prima cosa che ci veniva in mente con in mano un punteruolo era quella di affondarlo nelle carni di una delle vecchie oppressore e scatenare una rivoluzione ma il piacere di quest'atto veniva frenato un po' dalla paura delle percosse e un po' da quella per l'ignoto di un futuro non stabilito e del quale non avevamo certezze su quali vantaggi avremmo perso e quali ottenuto; perciò, noi popolino, continuavamo a seguire il tratteggio, lavorando di punteruolo come dei bravi automi, dentro i nostri grembiulini.

Rimanevamo lì finché uno dei nostri genitori non veniva a riprenderci.

Ogni giorno la stessa storia.

Quel posto, e tutto quello che facevamo lì dentro, altro non era che un addestramento per abituarci all'idea di quella che sarebbe stata la nostra vita in futuro. Anche i nostri genitori ci erano passati, a loro tempo, e crescendo erano rimasti incastrati in questo meccanismo che gli aveva portato via il tempo e noi avremmo fatto la loro stessa fine: se non fossimo morti prima saremmo arrivati al giorno in cui i nostri stessi figli ci avrebbero portati in posti simili a quello. In posti dove nessuno ci sarebbe venuto a riprendere, dove saremmo rimasti ad aspettare fissando il vuoto, dove ci avrebbero proposto attività ricreative e qualcuno sarebbe stato pagato per aiutarci a pulirci il sedere e dove la nostra cacca non ci avrebbe più entusiasmati come un tempo.

Il cerchio si chiudeva e ricominciava il giro.

E ora? Eccoci lì, nei nostri banchetti, a guardarci intorno, ad aspettare.

A proposito di caccona: succedeva che ogni tanto si sentiva un rumore sordo seguito da un odore gravissimo. Qualcuno si era cagato addosso. Nessuno voleva mai ammettere di essere stato lui: le vecchie, che avevo scoperto chiamarsi suore, dicevano: «Chi è stato?» E se nessuno rispondeva, loro, con la postura di uccelli saprofagi, facevano il giro delle sedie annusandoci i sederi.

A volte non ce n'era bisogno perché i bambini seduti vicino al colpevole vomitavano e allora si capiva subito chi era stato. Quello che si era cagato addosso veniva sollevato di peso e portato da qualche parte, poi arrivava un uomo che buttava della segatura sul vomito e si ricominciava da capo fino a quando un altro se la sarebbe fatta dentro.

Avevo inventato una canzoncina intitolata *La cacca dentro*. Le parole erano: «la cacca dentro» e si cantava sulla musica di Batman.

C'era sempre qualcuno che si cagava o pisciava addosso e qualcun altro che vomitava. L'odore di funghi della struttura, una volta riempita di piccini, veniva sovrastato da un intenso afrore di sterco e urina cotta che ti lacerava la gola.

Ogni giorno eseguivamo ordini e inalavamo particelle che, fino a un attimo prima, erano all'interno dell'ano di un altro essere umano.

Alzarsi presto la mattina, andare in un posto che odiavamo e respirare merda divenne presto un'abitudine e quindi la normalità: aspettavamo di diventare grandi, aspettavamo che succedesse qualcosa.

IL MERCATONE DELL'ARREDAMENTO DI FIZZONASCO

«Non ho capito perché cazzo dobbiamo andare fin lì!»

«Perché c'è una gran bella convenienza.»

«Tra benzina, tempo e rottura di balle non mi sembra 'sta gran convenienza.»

«Senti se devi... e non parlare così davanti a tuo figlio.»

«Ma... con tutti i negozi di mobili che ci sono in zona, a casa di Cristo dobbiamo andare a prendere 'sto letto?»

«Ma che ti costa? Puoi farmi un favore una volta tanto, no?»

«Ma non poteva accompagnarli tuo fratello? No, poverino aveva il tennis lui... Non capisco perché siamo noi che dobbiamo sempre...»

«Non capisco io perché ti devi mettere a fare questi discorsi adesso. Se ti pesava tanto potevi startene a casa e li portavo io.»

«See, vabbè li portava lei... li portava lei, li portava.»

Papà e mamma stanno discutendo animatamente

sui sedili anteriori. È un sabato pomeriggio di settembre, saranno le due e mezza, tre al massimo. Vedo il paesaggio scorrere attraverso il parabrezza: c'è il sole, è una di quelle giornate in cui, a seconda della direzione che prendi, devi spostare l'aletta parasole e azionare il liquido tergicristalli. Un insolito vento caldo fa danzare nell'aria il pulviscolo, lo stesso che la mattina vedo galleggiare nella mia stanza nella semioscurità là dove i raggi riescono a oltrepassare le persiane. Oggi è ovunque, come nei romanzetti di bassa lega: lo vedo fluttuare all'interno dell'auto attraverso i vetri, e non è solo una sensazione puramente visiva, me lo sento addosso, sulla pelle, in bocca e negli occhi. Forse è sabbia portata dal vento da chissà dove, forse è polvere alzata dai lavori in corso sulla superstrada: ci sono sempre lavori, è una superstrada nata male, un'infelice lingua d'asfalto che solca la Brianza per portare i baùscia al lago a pucciare i piedi e a prendere il gelatino e i *laghée* in città a lavorare, fare shopping e vedere la partita. Parte proprio da quel famoso ramo del lago di Como, a Lecco, saluta lo specchio d'acqua per attraversare le colline e giungere nella pianura sempre più ipermercata che taglia in due il mio paese, la parte nuova dalla parte vecchia; poi continua la sua discesa fino a congiungersi con la nuova tangenziale est e arrivare a Milano, o puntar dritti verso un mezzogiorno nascosto dalla nebbia. Tutto questo può essere visto anche al contrario se si percorre la corsia opposta.

Siamo partiti da casa dopo un frugale pranzo a base di pasta in bianco e sofficini bruciacchiati, e siamo risaliti, come salmoni non ancora affumicati, sfilettati e imbustati, per qualche chilometro verso nord, dove abbiamo tirato su i nonni anche se papà, probabilmente, avrebbe preferito tirarli sotto, i genitori di mamma, nonno Sergio e nonna Teresa.

C'è traffico, e nell'abitacolo avverto quella sensazione di tensione controllata che ormai conosco bene, quel nervosismo rappreso in cui basta un niente per far scattare i nervi a papà, e stiamo andando a comprare un letto nuovo per i nonni al Mercatone dell'Arredamento che fa la svendita, a Fizzonasco, sotto Milano, a una cinquantina di chilometri da casa nostra. Meglio: cinquanta chilometri per andare e altri cinquanta per tornare. Cento.

In Brianza siamo specializzati in mobili, tessuti e cassoeula ma questa volta l'ha avuta vinta la grossa distribuzione del milanese.

Siamo in cinque, nella nostra Opel Kadett caravan giallo paglierino, una macchina da guidare con i Birkenstock e le calze. Guida il papà, a fianco c'è il nonno e seduti dietro ci siamo io, la mamma e la nonna.

«E toglimi quelle cazzo di ginocchia dalla schiena, cazzo!» sbotta mio padre digrignando i denti e cercando il mio sguardo nello specchietto retrovisore.

«Sandro!» lo rimprovera mia madre. «E tu togli le

ginocchia dal sedile di tuo padre e stai composto!» rimprovera anche me.

«Ma...» protesto timidamente.

«Niente ma!» fa lei fulminandomi con gli occhi come a dirmi «Ti prego, non ti ci mettere pure tu che già c'è tuo padre che...»

Mio padre ha la capacità di passare dalla condizione di tranquillità a quella di furioso-collerico in un attimo: perde la pazienza in un palpito solo, dentro di lui si innesca una miccia e in un istante è come dinamite. Se una cosa non va secondo i suoi piani scoppia, esplode, come impazzito. Quando beve diventa pericoloso, altrimenti si limita ad autoinfliggersi punizioni distruggendo la casa o prendendo a testate il muro.

Per fortuna in questo momento sta guidando, perché altrimenti si sentirebbe in dovere di recitare bestemmiando una delle sue opere teatrali preferite, *L'apocalisse secondo il Sandro*. Adesso si deve limitare ad agitare la testa come un toro nell'arena e a prendere a sberle il volante, che fa un rumore sordo: lui innesta la quinta con grinta e WROOOOOM! Facciam tutti finta che sia normale sperando che la bestia si calmi.

Ritiro le ginocchia. Vorrei mettermi dietro, nel baule, dove sono stato tante volte. È un baule bello grande, da auto familiare, senza cappelliera, con una coperta dentro. Mi sento al sicuro lì.

Papà, quando sono nato, ha preso questa Opel usata

da un suo amico di Brivio, uno con cui gioca a carte. Uno con cui perde a carte. Prima aveva una 500 blu scuro, la macchina con cui i miei si sono sposati e sono andati a fare il viaggio di nozze, in Spagna.

«Ci vuole la familiare», ha detto.

Vorrei andare nel baule, lo avevo chiesto pure frignando, prima, ma oggi è stato deciso che non potevo. Non ho mai capito il perché a volte le cose si possono fare e altre no.

Mio padre non sente più le ginocchia nella schiena ma mi lancia un'altra occhiata nello specchietto, come a comunicarmi: «Hai capito, stronzetto? Mettile un'altra volta e ti ricorderai di che giorno è oggi».

Annuisce fra sé, forte del suo potere, contento di aver vinto almeno questa battaglia. Poi gli viene su, dalle viscere, un rutto acido e silenzioso: lo soffia fuori senza rumore, ma io lo intuisco dalla folata fetida di birra e acidi gastrici che mi raggiunge nel sedile posteriore e mi penetra le narici.

«Che puzza! Che schifo!» esclamo disgustato e facendo dei versi.

Mi guardo intorno e cerco consenso.

Molto probabilmente anche gli altri vorrebbero dire qualcosa ma, per educazione e soprattutto per non fare incazzare ulteriormente il Sandro, fanno finta di niente e subiscono. Non mi considerano.

«Cosa c'è ratin?» dice mia nonna automaticamente, con qualche istante di ritardo.

È assorta nei suoi pensieri a base di merletti e pizzi e continua a farsi aria con il volantino pubblicitario della svendita. Io non le rispondo e lei non si aspetta una risposta, la sua mente è già altrove.

Incontro di nuovo gli occhi di mio padre nello specchietto e capisco che sta ridacchiando sotto i baffi.

Be', perlomeno ora ride, 'sto squilibrato. Mio padre porta i baffi, la barba e gli occhiali. Non assomiglia a nessuno di *Indovina chi?* perché, con tutte queste tre caratteristiche, si indovinerebbe subito chi è.

Un po' come se prendi Richard, che è l'unico che se chiedi:

«Ha la barba?»

«Sì.»

«Ha i baffi?»

«Sì.»

«È Richard!»

E il gioco è finito.

È la bug del gioco. Se scegli Richard hai perso.

Fa un gran caldo, l'aria condizionata non è ancora stata inventata, o almeno, non nella nostra macchina, e non ci sono neanche i vetri elettrici: negli anni Ottanta è roba di lusso che hanno solo i Mercedes e i Bmw (quelli con i Mercedes e i Bmw a mio padre non piacciono).

L'autoradio però c'è, a cassetta, di quelle che si estraggono e si portano a passeggio nella mano destra come dice Toto Cutugno nella sua canzone, più per vezzo che per non farsela rubare. Mio padre non la porta mai in giro nella mano destra: a parte che è mancino, preferisce nasconderla sotto il sedile, un po' perché è più comodo e un po' perché odia impersonificare l'italiano medio. Papi sostiene di essere comunista.

Fa un gran caldo. Soffocante. È strano, perché siamo agli sgoccioli dell'estate e non dovrebbe, ma non si possono neanche abbassare i finestrini perché c'è questo gran polverone. E non si può sentire l'autoradio perché l'autoradio si sente solo quando mio padre è di buonumore. Di solito c'è la cassetta di Simon e Garfunkel o di Rino Gaetano. Mi piacciono entrambi. Adesso però non gli va. Gli disturba la concentrazione alla guida. Dice.

«L'è propi bel quel lecch chi», dice improvvisamente mia nonna guardando il volantino.

«Cent' mila franc», mia nonna parla in dialetto locale.

«L'é propi bel», ripete fra sé.

Silenzio.

Abbiamo tutti la fronte imperlata di gocce di sudore, e dentro l'abitacolo vortica una nebulosa composta da un minestrone di aromi che si avvicendano e si mescolano sotto il mio naso: la lozione dopobarba di mio nonno, maschia e scadente, le liquirizie «Tabù» che succhia continuamente, l'essenza floreale triste della nonna, presa da un venditore porta a porta, esagerata nella quantità e che evaporando si mischia all'odore della sua pelle e dei suoi capelli vaporosi, il fiato alcolico di mio padre, che sta zitto e fissa la strada, eseguendo ogni tanto un assolo di clacson mentre qualche bestemmia gli muore tra i denti digrignati. Ha lavorato tutta la notte e andare per negozi a comprare un letto è l'ultima cosa che avrebbe voluto fare di sabato pomeriggio; avrebbe voluto avere il coraggio di dire: «No», un «No» secco e deciso ma non ce l'ha fatta e si sente frustrato per questo, santo e martire allo stesso tempo.

Appena alzato dal letto voleva già stendersi sul divano, farsi una Peroni e cazzeggiare in mutande, oppure guardare un po' di tv, quell'apparecchio che gli è costato uno stipendio e che non riusciva mai a vedere per via dei suoi maledetti orari, oppure ancora starsene sul balcone in ciabatte a fumarsi Gitanes senza filtro bevendo caffè americano. Andava matto per il caffè americano. Si poteva berlo fumando. Si poteva fumare bevendolo.

Poi: fine.

«Dobbiamo accompagnare la Teresa a Fizzonasco, che deve comprare il letto.»

«A Fizzonasco?! Ma sai dov'è?»

Gli erano crollati i nervi.

La sua vita, da quando si era sposato e aveva avuto un figlio, era cambiata completamente, e ora ne aspettavano un altro, pardon, un'altra, una femmina: *peggio ancora.*

Le sue settimane in ditta erano scandite dai turni di lavoro: una settimana la notte e una settimana il giorno. Quando lavorava la notte, tornava a casa il mattino e faticava ad addormentarsi per via dei rumori della quotidianità che abitavano il condominio. Sentiva ogni automobile e ogni motorino passare sotto la finestra, e ogni volta che qualcuno andava in bagno. Borbottava bestemmie fra sé fino a che non crollava in un sonno malsano, per sfinimento. Quando invece lavorava di giorno, arrivava a casa, mangiava, guardava il telegiornale e la notte era tenuto sveglio da suo figlio – io – che piangeva e voleva dormire nel lettone con i genitori.

«Piccolo bastardo frignone, perché mai quel Capodanno non ho usato il goldone», sospirava fra sé. Vedeva la donna che aveva sposato anche lei assorbita da queste dinamiche, cambiata, nervosa e stressata: non era più la stessa ragazza che aveva conosciuto qualche anno prima. Non facevano più l'amore, quasi mai. Era frustrato. Aveva l'impressione che tutto questo lo stesse trascinando verso un esaurimento nervoso, o chissà cos'altro. Non era così che si era immaginato la vita. Non la sua.

E adesso era lì, di sabato pomeriggio, con quel caldo pazzesco, diretto ad andare a comprare un cazzo di letto per una cazzo di coppia di vecchi rincoglioniti che ci sarebbero morti, in quel letto.

Ma perché non gli andava bene quello che avevano

già? Cos'aveva di sbagliato? Chi erano tutte queste persone che erano entrate nella sua vita e cosa volevano da lui? Gli stavano succhiando via tutto. Pian piano.

Gli viene da schiacciare più forte sul pedale dell'acceleratore ma si trattiene.

Mia madre lo percepisce e sta in silenzio. Vorrebbe dire qualcosa, forse, ma si limita a instaurare un monologo nella sua testa.

«Stai calma Daniela, stai calma. Non fa bene alla bambina agitarsi troppo. Inspira… espira.»

È al settimo mese e vuole stare tranquilla, il più possibile.

«Bar "Il ritrouo".»

«Lauanderia.»

«Frutta e uerdura.»

Il nonno legge a voce alta tutti i cartelli che ci sono per strada, forse per stemperare la tensione, forse perché non sa cosa dire, perché il nonno non ha mai nulla di interessante da dire, è un uomo di pasta semplice.

«Ristorante Sel Seruis.»

«Agip.»

«Tangenziale est.»

«Tangenziale est… Cazzo! Devo uscire!»

Mio padre si risveglia improvvisamente dal torpore dei suoi mali: uno sguardo rapido nel retrovisore in contemporanea a una brusca sterzata sulla destra ravvivano l'atmosfera all'interno del mezzo. Le gomme stridono sull'asfalto, la forza centrifuga ci sbatte tutti dalla parte sinistra del veicolo e ci sbianca in volto. Mia madre mi protegge con un braccio e mia nonna si attacca al reggimano, appoggiandosi con un gomito al sedile anteriore.

«Sandroooo!» il nome di mio padre esce dalla bocca di mia madre con un tono umidiccio e tremolante.

Un terribile boato accusatorio ci arriva dalle spalle, affiancandoci sulla sinistra: un gesto violento fatto di dita esce dal finestrino di un camion, che poi ci sorpassa, dimenticandoci.

Sento freddo.

Mio padre e mia madre si sputano addosso urla e imprecazioni, cercando di sovrastarsi l'un l'altro con la voce, io mi stringo le ginocchia al petto e ridacchio, probabilmente è una reazione nervosa. Poi tutto tace. La corsa procede in un silenzio pesante. Gli occhi di mio padre sono di nuovo nello specchietto. Cupi. L'asfalto ci scorre intorno. Scuro.

La tangenziale ci vomita in mezzo a parallelepipedi di cemento grigi e avviliti che si avvicendano a rettangoli di terra grigi e malati. Avvisto stormi di gru, ruspe, schiacciasassi, costruttrici di mastodontici nidi verticali, prati in cui non mi piacerebbe correre, brutti, sporchi, lasciati a se stessi. Svettano colline di macerie e luccicano rottami di vecchi elettrodomestici abbandonati.

Posto di drogati.

Probabilmente quelli che si fanno di figurine vengono qui a leccarle. Mi han detto che la più potente è quella di Maradona.

Arriviamo a un capannone grigio recintato da una cancellata di sbarre bianche: benvenuti al Mercatone dell'Arredamento. Sulla parete che dà sulla strada spicca una grossa insegna bianca e blu e sopra le porte a vetri l'indicazione INGR SSO. Entriamo in un grande posteggio assolato, pieno di macchine incastrate come tasselli sbagliati di un puzzle, abbiamo fortuna e riusciamo a incastonare la nostra in un angolo. Sento mio nonno tirare su col naso e poi lo vedo sputare qualcosa in un fazzoletto che si rimette in tasca dopo averlo controllato.

Due grossi manifesti, un po' scoloriti e raffiguranti due majorette, promuovono il messaggio SOLO DA NOI LA CONVENIENZA È REALTÀ. GRANDE SVENDITA. FUORI TUTTO. La polvere, portata da un vento che non avevo mai sentito così caldo, ci frusta il viso, si infila ovunque, anche nelle orecchie, anche nelle tasche. Un negro, con dei tappeti su una spalla e, in mano, una scatola piena di accendini e altre cianfrusaglie, sta puntando dritto verso di noi.

Che persone strane che sono i negri!

«Muovetevi», incalza mio padre afferrando me e la mamma sottobraccio sollecitandoci a camminare.

Io tiro calci a un cumulo di sabbia accumulato sull'asfalto che, alzandosi, vola in faccia a mio nonno che ci segue docile; lui chiude gli occhi e fa finta di niente, è troppo buono o troppo fesso per questo mondo, un animale da macello.

Attraversiamo la grande porta di vetro spalancata e ci ritroviamo all'interno di uno spazio enorme, con alti soffitti e pareti grigie, accolti da una luce diversa e fredda cui i miei occhi ci mettono qualche attimo ad abituarsi. Guardo in su e mi soffermo su una lampada al neon che lampeggia, affascinato: bianco-grigio-bianco-grigio, bzzzzzz-bzzzzzz-bzzzzzz. Ho un déjà vu, il ricordo di un qualche incubo. Delle casse, appese alle pareti, trasmettono un programma radiofonico pomeridiano di musica italiana, a intervalli di tempo stabiliti a tavolino da esperti di marketing la trasmissione viene interrotta dal jingle «Al Mercatone dell'Arredamento di Fizzonasco», seguito dall'annuncio di una cassiera, scelta probabilmente per via del suo tono di voce che dovrebbe risultare radiogenico. Ripete il messaggio scritto sui cartelloni all'ingresso aggiungendo dettagli sui prezzi delle cucine e delle camerette e conclude ringraziando la gentile clientela sulle note del solito jingle e così via.

Il pavimento è ricoperto da una moquette simile a della carta vetrata blu di prussia e impreziosita da pois di chewing-gum ottenuti grazie all'alleanza con gli americani durante la Seconda guerra mondiale. Fa fresco e si sente il ronzio dei ventilatori sul soffitto che lavorano instancabili.

Il capannone è affollato, soprattutto da famiglie, che girano in tondo come animali in una giostra, esseri umani in file disordinate, formiche disorientate che abitano l'esposizione. Hanno maschere decadenti, l'aria disperata, capelli sfibrati e abiti sformati. I mobili esposti sono dozzinali e anonimi. L'area è suddivisa in blocchi che ricreano le varie stanze di ipotetici appartamenti in cui si reciteranno delle vite e dei dialoghi, sempre gli stessi: cassettiere che si riempiranno di mutande e calzini soffocando i sogni, camerette salvaspazio a ponte che si vestiranno di testi scolastici troppo costosi, e di giornalini e poster che ingialliranno come i sorrisi dei bambini che ci si risveglieranno già adulti, cucinotti che si profumeranno di pastasciutte i cui vapori ne gonfieranno i legni e che ospiteranno cene sempre meno numerose fino al giorno in cui ce ne si sbarazzerà per fare largo al nuovo.

Le persone vorticano, spente e deluse.

Sembrano tutti avviliti e demoralizzati dalla vita.

E hanno ragione.

Siamo una parata di poveracci.

Avanziamo in formazione verso il reparto camere da letto, quello del letto in offerta, l'aspirazione di mia nonna. Qualche settimana prima lo aveva visto in una «reclam» su Antenna 3, per dirla con parole sue, con quel jingle che ti penetra il cervello e che ti sorprendi a fischiettare mentre fai il bidet o mentre inforni i peperoni per levargli la buccia o mentre, se non c'è acqua nel bidet, ti dai una passata con il Fresh and Clean: signorine vestite da majorette si muovevano sinuose per lo showroom promuovendo salotti e cucine a prezzi DAVVERO VANTAGGIOSISSIMI.

Poi era arrivato a casa il volantino.

Sul volantino c'era la foto del letto, in offerta.

Dopo aver visualizzato con la mente «quel» letto tra la portafinestra e l'armadio stile liberty, il vecchio letto a molle, quello che aveva fatto il suo dovere fino a quel giorno, non sembrava più lo stesso: improvvisamente cigolava, provocava dolori alla schiena ed era giunta l'ora di mandarlo in pensione. Il consumismo era riuscito a far breccia anche nella vecchia guardia.

«Voglio la Coca-Cola!» piagnucolo vedendo un distributore di bibite addossato a una parete. Tiro un lembo della gonna di mia madre per attirare la sua attenzione. La voglio più per una questione di gola che per reale sete, la voglio perché a casa non l'abbiamo mai: noi compriamo la Milan Cola, una pessima imitazione. Lei però sta parlando con mia nonna e mi scansa noncurante con la mano, senza guardarmi.

«Mamma! Voglio la Coca!» insisto.

Finalmente si accorge di me. Per evitare piagnistei, mi accompagna al distributore e cerca il portamonete nella borsetta. La Coca-Cola però è finita: una spia rossa lampeggia sulla mia faccia delusa. Prendo una Pepsi. Meglio della Milan Cola ma che palle, io volevo la Coca!

Ritorniamo dagli altri che, nel frattempo, si sono fermati a contemplare un tavolo allungabile.

«Questo starebbe una meraviglia in cucina», dice mia nonna, in italiano.

«L'è un bel legno», asserisce mio nonno, fingendo di intendersene.

Mio padre osserva la scena rassegnato, mentre si immagina sopra a quel tavolo con una motosega in mano. Io finisco la bibita mentre camminiamo, versandomene un po' sul collo e sulla maglietta. Mi sento tutto appiccicaticcio. Strappo la linguetta dalla lattina e mi ci faccio un anello, poi appoggio il cadavere di alluminio su una libreria componibile. Mi hanno insegnato a non gettare le cose per terra.

Un pelato con due occhietti piccoli come lenticchie e un cartellino sul petto con scritto «GRAZIANO», mi guarda scuotendo il capo e indicando la lattina. Dice: «Ué, faccia da strudel!»

Rimango per qualche attimo molto scosso da questa cosa: «Che cos'è lo strudel?»

Poi mamma mi chiama e corro da lei dimenticandomene.

Troviamo il letto che cerchiamo: è grosso, in ferro battuto, con un look finto antico rosso scuro e delle peonie dipinte sulla testata. Effettivamente sembra l'articolo migliore che ci sia qui dentro e verrebbe ancor più valorizzato dall'armadio in stile liberty. A mia nonna piace molto. Ce lo fa capire. Scodinzola di gioia. Sembra ringiovanita di dieci anni. Le lanciamo un bastone e lo va a riprendere.

«L'è bel comod», afferma soddisfatta, tastando la consistenza del materasso con una delle sue manine grassottelle e burrose.

Mio padre si allontana in cerca di un commesso per sbrigare in fretta la faccenda. Ne trova uno giovane, con la divisa del negozio. Ha l'aria inesperta e due grosse chiazze scure sulla camicia all'altezza delle ascelle ma è sempre meglio di Graziano. Stringe la mano a tutti i presenti tenendo il braccio molto alto e la mano molto aperta.

Ci elenca tutti i pregi del letto per qualche minuto. Usa parole che gli suonano male in bocca, un fare divulgativo da televendita che non aggiunge niente di nuovo a quello che già c'è scritto sul volantino.

«Lo prendiamo», lo interrompe, stanco, mio padre.

«Ecco, veramente... è terminato», sussurra il commesso con voce incerta mentre finge di controllare uno scaffale.

«Cume l'è terminà!?» squittisce, allarmata, mia nonna.

«Ecco, sinceramente... è esaurito», aggiunge timidamente il ragazzo.

Mio padre alza gli occhi al cielo rivolgendo delle bestemmie non replicabili vietate a minori di anni diciotto a nostro Signore.

«Ecco, sinceramente... in alternativa le potrei proporre un altro modello molto simile come tipologia», continua il ragazzo, indicando una direzione con un cenno della mano.

Il Sandro è visibilmente turbato dall'imprevisto e irritato dal modo di parlare del commesso, specialmente da quel suo iniziare le frasi con «Ecco, sinceramente». Si immagina già con le mani che gli stringono la gola. La mente di mio padre è perennemente una steppa di morte e distruzione: lì lui cavalca con la sua spada, vestito solo di pelliccia, al fianco di Arnold Schwarzenegger.

«Ma non ci potrebbe dare questo qui in esposizione?» interviene scaltramente mia madre.

«Ecco, a onor del vero... penso che sia possibile. Dovrei confrontarmi con il mio caporeparto.»

«Che idea del cazzo. A onor del vero ci vorranno due ore. Va be'. Vai, vai a confrontarti, maledetto figlio di un dio minore», pensa mio padre dando il cinque ad Arnold mentre appicca fuoco alle capanne di un villaggio e ne decapita gli abitanti.

Io, mamma e nonna ci accomodiamo sul letto, il commesso sparisce alla ricerca del suo superiore, papà cammina in cerchio senza sosta: ha appena finito di trucidare una famiglia di contadini bretoni e sta per stuprare una ragazzina urlante, scossa dalla morte dei genitori e con un plausibile cromosoma in più, dovuto forse a un'incontrollata e diffusa pratica dell'incesto dei tempi che furono. Mio nonno, da dentro il suo acquario, osserva distaccato la scena con le mani dietro la schiena. A lui va bene tutto, potrebbe rimanere in piedi lì, per delle ore, e non gli cambierebbe nulla.

Dopo una decina di minuti il ragazzo torna accompagnato da un grassone in un abito tortora con le maniche della giacca troppo lunghe e le gambe dei pantaloni tropo corte. Il pachiderma ha pochi capelli spenti, sfibrati e deboli, di un marrone inesistente in natura, inventato. Cerca di coprire una traumatizzante alopecia tramite un articolato riporto. Ha l'aria di essere un'operazione che richieda lunghe ed estenuanti sedute davanti allo specchio. Paonazzo in volto, indossa una camicia spiegazzata da cui si sta per scucire un bottone e respira affannosamente dalla bocca. Sembra appena uscito da una maratona di seghe al cinema porno.

Stringe la mano a tutti. Dev'essere l'usanza del posto, la stringe anche a me. Ha mani piccole e sudaticce. Mi affiora il ricordo di quando al lago presi in mano un sasso ricoperto di alghe. Con quella manina mi massaggia il cuoio capelluto.

«Invidioso.»

Vorrei avere qualcosa per lavarmi.

Il ragazzo spiega al cicciobombo l'inconveniente, di cui l'obeso è già sicuramente a conoscenza, mentre entrambi ci lanciano occhiate di assenso per rassicurarci, fidelizzarci. Convengono che l'operazione è possibile e ci chiedono di avere un po' di pazienza.

«Quantificala 'sta pazienza, maiale», leggo scritto su una nuvoletta che esce dalla testa di papà.

Dopo una ventina di minuti arrivano due garzoni, uno alto con il labbro leporino e uno basso con lo sguardo bovino che, con flemma travestita da tecnicismo, si adoperano a smontare il letto. Non sembrano esaltati di dover compiere l'operazione, né mio padre lo è di seguirla e si tiene la fronte con una mano per non guardare ripetendo un rosario satanico. Le chiavi inglesi che hanno portato non vanno bene, quindi si disperdono per una decina di minuti perché: «Servono le brugole». Dopo mezz'ora in mia nonna si è spento ogni entusiasmo e si sta facendo largo in lei un senso di colpevolezza e imbarazzo. Se ne sta zitta zitta su una panchetta tenendo la mano di mia madre. Il nonno, immobile con le mani dietro la schiena, si mimetizza con l'arredamento.

Anche la rabbia di mio padre si è, a questo punto, mutata in rassegnazione: sta pensando solo al momento in cui arriverà a casa, si butterà nella vasca e lì resterà fino a quando mia madre non lo chiamerà dicendogli che è pronta la sua bistecca ai ferri.

«La voglio al sangue, Daniela! Con le patate.»

Dopodiché, si farà un paio di birre, si metterà a letto e dormirà fino a tardi. Questi pensieri lo tranquillizzano.

Li visualizza.

«Sì, una bella bistecca e un po' di patate. Poi a letto.»

«Bistecca.»

«Bella al sangue.»

Io invento dei giochi per passare il tempo.

Faccio il Mudei e il Maurizi: il Mudei consiste nel ripetere ossessivamente a mente la parola «Mudei». Ma mi annoia presto. Dedico più tempo al «Maurizi» dove, invece, bisogna correre per il negozio e presentarsi alle persone dicendo: «Piacere, Maurizi», e poi scappare a nascondersi facendo degli urletti. Un gioco divertentissimo.

Dopo circa un'ora siamo alla cassa, con il letto smontato, imballato e incartato. Nello smontaggio si sono smangiate alcune viti ma sono tranquillamente reperibili in una qualsiasi ferramenta, hanno detto tre volte ciascuno i garzoni. Non c'è problema, ha ripetuto cinque volte mio padre. Alla sesta è stato zitto.

«Va bene. Va bene qualsiasi cosa, basta che ce ne andiamo.»

Fuori il sole sta calando e il parcheggio si è lentamente svuotato. Fa meno caldo e il vento si è placato, lasciando uno strato di polvere sulla nostra auto che sembra arrivata direttamente dalla Parigi-Dakar. Un simpaticone si è divertito a disegnarci un cazzetto stilizzato che sembra pisciare le parole SUCA FORTE. Una famiglia di meridionali ci passa a fianco spingendo un carrello, blaterando qualcosa in un linguaggio incomprensibile.

«Teruni», sento borbottare mia nonna.

C'è da legare il letto sul tetto della macchina: non sta nel bagagliaio, è troppo lungo.

«Vasca, bistecca, letto», si ripete nella mente mio padre.

Apre il baule.

«Dovrei avere delle corde», dice. Sa di averle perché le ha previdentemente caricate qualche ora prima, a casa.

«Sandro...» fa mia madre con un tono flebile.

«Eccole. Adesso mettiamo il letto sul tetto e lo leghiamo per bene», prosegue mio padre, fingendo di non aver sentito e accompagnando le parole con azioni.

«Sandro...» ripete mia madre con lo stesso tono.

Mio padre la guarda brusco, scocciato.

«Cosa c'è, Daniela!? Non vedi che sto legando il letto!? Non se ne può più, cazzo!»

«Hanno aperto... hanno aperto la macchina...» balbetta mamma.

In questi momenti il tempo sembra fermarsi per un attimo per poi ricominciare a scorrere più veloce.

Mio padre resta immobile con una corda in mano.

Mio padre gira attorno all'auto.

Mio padre vede i vetri per terra.

Mio padre sente scricchiolare i vetri sotto i suoi piedi.

Mio padre vede il finestrino rotto.

Mio padre vede i vetri rotti sul sedile anteriore del passeggero.

Mio padre si sofferma sul finestrino rotto.

Mio padre vede un buco là dove ci dovrebbe essere l'autoradio.

Mio padre continua a guardare il buco dove ci dovrebbe essere l'autoradio. Non c'è.

Mio padre chiude un istante gli occhi.

Mio padre li riapre.

Mio padre guarda il buco dove una volta c'era l'autoradio. Non c'è.

È sparita.

PUFF!

L'autoradio non c'è più.

Mia nonna e mia mamma sono visibilmente spaventate. Mio nonno è impassibile, con le mani dietro la schiena. Le palpebre gli si muovono lentamente come a un'iguana, ha l'aria di uno che ne ha viste di peggiori, di uno che si è fatto le guerre. O forse è solo scemo.

Rimaniamo nelle stesse posizioni per un tempo indefinito.

«Son stati i singari», suggerisce mio nonno, annuendo, sicuro della sua affermazione. Poi, come se non avesse detto lui quella frase, ha un sussulto e si guarda intorno in cerca di un colpevole. *Chi ha parlato!?* E ritorna ad annuire.

Io scoppio a piangere e abbraccio la gonna di mia

mamma. Non ho bene idea di chi siano 'sti zingari. Li ho sempre sentiti nominare in occasioni spiacevoli. Me li immagino come esseri piccoli e scuri che si introducono nella nostra macchina e si sdraiano nella mia coperta nel baule, sozzandola. Disdegnano le cassette di Simon e Garfunkel e allungano le loro manine nere, da lupi, sull'autoradio sfoderando un sorriso d'oro, come quello di mio nonno ma cattivo.

Papà ha il braccio infilato fino alla spalla nella voragine che si è creata nel cruscotto. Posso immaginare la sua mano che si muove tra i fili elettrici in cerca dell'autoradio che è certamente caduta lì.

Papà è con il braccio infilato fino alla spalla sotto al sedile dove è solito mettere la radio.

Sa di non averla messa lì, sa che è inutile, ma controlla lo stesso. Ovviamente la radio non c'è.

«Perché!? Perché!? Perché!?» bestemmia.

Urla e si sfoga prendendo a pugni il tetto della Opel. La lamiera rimbomba e si incrina sotto i suoi colpi. Continua a bestemmiare. Si spolmona tirando una puntata a uno pneumatico. Colpisce, sbagliando mira, il cerchione e sente un dolore lancinante partirgli dal piede e arrivargli dritto al cervello. Vede tutto rosso. Gli si appannano gli occhiali. Agita le braccia al cielo e continua a strepitare saltellando goffamente per il parcheggio. Si strappa i capelli. Mi sembra di udire anche una scoreggia, secca. È uno spettacolo tragico vedere il proprio padre in quelle condizioni.

La famiglia di meridionali passa alla moviola godendosi lo show dai finestrini di una Fiat Regata beige. Sembrano sconcertati alla vista di questo siparietto stravagante e paradossale. Avranno qualcosa di cui parlare stasera a tavola.

Stroncato, Sandro si mette seduto sul marciapiede con la testa fra le mani. Cerca di farsi, in qualche modo, sbollire quello che gli cuoce dentro.

Vorrebbe sparare.

Vorrebbe sparire.

Mi rattrista vederlo così e vorrei poter fare qualcosa per lui: ritrovare la sua autoradio, consegnargli uno zingaro legato, abbracciarlo, ma ho paura ad avvicinarmi. Mia madre e mio nonno stanno assicurando, alla buona, il letto sopra il tettuccio della macchina. Il gesto di prendere il timone quando la nave sta affondando e il capitano è fuori gioco: ma è una donna e ha il pancione. Vorrei poter aiutare anche lei ma sono troppo piccolo, non ci arrivo nemmeno, al tetto della macchina. Sto abbracciato alla nonna che mi accarezza e scuote la testa con disapprovazione.

«Che brüta gent che ghe in gir», sibila.

Papà si alza improvvisamente dal marciapiede, come un pupazzo a molla e, senza proferir verbo, scosta mia madre e aiuta mio nonno a terminare di ancorare lo scatolone al tetto del veicolo. I suoi gesti sono veloci e decisi. Non pensa più a nulla. La sua mente si è svuotata.

Libera.

Inspira.

Butta fuori.

La mamma toglie dal sedile i frammenti di vetro usando il libretto dell'assicurazione. Si iniziano ad accendere i lampioni e gli insetti vi si radunano attorno attratti dalla luce. Partiamo sgommando, alzando una gigantesca nube di polvere alle nostre spalle che arriva su, fino in alto, fino alla grande scritta MERCATONE DELL'ARREDAMENTO.

Nessuno dice più nulla. Facciamo il gioco del silenzio, come a scuola. Mi addormento cullato dalle vibrazioni del motore.

Quando mi risveglio papà sta scaricando il letto, poi accompagna i nonni in casa. Prima di salire mi abbracciano e mi salutano, il loro odore mi resta per un po' nelle narici. Dai miei occhi socchiusi partono raggi gialli, bianchi e rossi che colpiscono le macchine e i lampioni. Le ombre della sera, i palazzi, poi un campo coltivato, di nuovo i palazzi, le strade sempre più familiari: tra poco sarò a casa, nella mia stanza, con i miei peluche. Saliamo le scale, io di corsa. Li aspetto davanti alla porta.

«Mi sono dimenticata di scongelare le bistecche», dice mia madre.

La più bella della scuola

Quando ero alle medie mi piacevano, a turno, le tre più belle della scuola di Moscoro, un comprensorio di quattro paesi, ovvero Osnangeles, Cernusco Bombardone, Lomagnabronx e Montevecchiahills.

A Moscoro la vita non era così semplice – alle elementari di Osnago in confronto sembrava di essere nelle scuole del Mulino Bianco – anche perché alcuni del terzo anno avevano i peli sotto le ascelle, i baffi e il Fifty Malaguti mentre io sembravo un bambino dell'asilo, un insetto.

Ma fu lì, in quella scuola composta dall'unione dei ragazzini di tutti quei paesi che, per la prima volta, venni a conoscenza di cose a me prima del tutto ignote. Per esempio, imparai che i ragazzi di famiglie di origine meridionale erano coalizzati fra di loro in piccole cosche composte da compaesani, confratelli, cugini, zii, parenti e altri ambigui personaggi «diggiù» che si garantivano fra loro protezione e vantaggi.

Mettersi contro individui del genere significava essere segnati a vita, e dover affrontare i restanti giorni della propria esistenza da protagonista di un videogioco picchiaduro a scorrimento con avversari infiniti. L'unica cosa da fare era dargli sempre ragione, tentare di passare inosservati o cercare di omologarsi. In alternativa iscriversi a karate.

Io non ero abituato a queste dinamiche, dato che a Osnago, non so bene per quale motivo, l'immigrazione massiccia dal Sud di metà Novecento non aveva attecchito un gran che e il forestiero, il meridionale in questo caso, era visto più come una macchietta, un personaggio vagamente ridicolo.

Un esempio era Cane Salvatore.

Cane Salvatore è un ragazzo del Sud, mi sembra di origine siciliana, arrivato a Osnangeles alla fine degli anni Ottanta. A dir la verità non sono sicuro che arrivasse direttamente dal Sud, ma dal nome si capiva che era della bass'Italia.

La prima volta che l'ho visto è stato quando se ne era arrivato in una macchina scassata davanti all'oratorio e lui, sua madre e suo padre erano scesi a parlare con il prete. I tre indossavano un collarino ortopedico per la cervicale, il prete quello ecclesiastico.

Il don lo introdusse a tutti gli osnangelini con grande pathos, esortandoci a integrarlo. Diventò subito grande amico di Luca Boniotti, un balbuziente fuoriclasse a calcio, che lo introdusse all'uso del dialetto brianzolo.

L'effetto era quello di un italiano che parla il francese senza saperlo.

Una volta, a messa, arrivò un po' in ritardo e il suo posto era occupato da un altro ragazzino. Lui, anziché sedersi in un altro posto, si avvicinò a quel ragazzino e disse con grande fierezza: «Ghe sono me visin al Luga» (ovvero a Luca Boniotti).

La leggenda vuole che anche la statua di santo Stefano, protettore di Osnangeles, abbia sussurrato: «Teron».

A calcio era uno scandalo: aveva i piedi piatti e una volta fece un rinvio così brutto che il prete dell'oratorio gli gridò di venire a confessarsi dopo la partita.

Un'altra volta, in gita all'Acquapark, Cane si procurò un trauma cranico durante una partita di calcio saponato: l'episodio segnò la fine delle gite all'Acquapark, per sempre.

Non glielo perdonerò mai.

Andare all'Acquapark era una delle cose più divertenti che si potevano fare con l'oratorio feriale, se non eri uno di quelli che veniva picchiato e affogato dagli altri o uno di quelli a cui veniva tirato giù il costume per essere poi successivamente spinto nudo giù dagli scivoli.

Cane, da grande, è finito a fare il metronotte.

Doveva sorvegliare delle fabbriche ma si cagava

sotto dalla paura e chiedeva al medico di fargli il certificato di malattia.

Questa era stata la mia esperienza con i cosiddetti terroni.

Prima che iniziasse la scuola ricordo che ero andato con mio papà a vedere in che sezione mi avevano messo, e la madre di un ragazzino della mia età, già completamente sviluppato, si era presa gioco di me chiamandomi Puffetto. Quante risate si era fatta quella signora mentre teneva per mano quel gorilla adulto di suo figlio!

Quello scimmione, già completamente sviluppato a undici anni, a tredici ne dimostrava ventuno. Si faceva la barba, rimaneva incastrato fra la sedia e il banco, fumava e ci ha messo cinque anni a finire le medie.

Tutte cose che ai tempi erano considerate doti di grande rispetto.

In effetti nessuno osava dirgli niente.

Durante l'ora di ginnastica, durante la quale condividevamo lo spogliatoio con la sua classe, ci tormentava esibendo degli enormi organi genitali che faceva roteare come pale di un elicottero. Non so per quale motivo lo facesse, probabilmente per un istinto atavico di sopravvivenza della specie, ma fatto sta che noi ragazzini ce ne stavamo tutti in un angolo, contro il muro degli spogliatoi, con occhi da piccoli erbivori terrorizzati alla vista di un grosso predatore o di un mandriano armato di bolas, in attesa che smettesse.

Comunque: le tre più belle della scuola erano Chiara Bossi, Giorgia Cadeo e Carlotta Genovesi, quest'ultima, tra le altre cose, di madre svedese, cosa che già bastava come idea.

Non ero in classe con nessuna di loro perché, forse per via del mio aspetto minuto, mi avevano messo nella sezione A, dove dato che c'era un ragazzo handicappato avevano inserito solo ragazzini ritenuti sensibili, tranquilli e con una buona media scolastica, premurandosi di non integrare nessun soggetto (tipo: figa) che avrebbe potuto scatenare anche in esserini innocui quali eravamo qualche tipo di esuberanza o istinto.

L'unica occasione per vederle, le vagine avvolte nel denim Energie o Uniform, era l'intervallo, dove le tre belle si sparavano, come dive del cinema sul tappeto rosso, innumerevoli vasche avanti e indietro nel cortile della scuola.

Per attirare la loro attenzione dovevi essere un piccolo delinquentello o almeno un bel ragazzo con un minimo di carisma: chiaro che ero fuori dai giochi causa una formula di timidezza + struttura fisica da passero comprensiva di becco.

Ma un giorno successe qualcosa che per me, allora, ebbe dell'incredibile.

Il mio vicino di casa, che era in classe con loro, le fighe, tutte e tre, diede una festa, la classica festa delle medie, a casa sua e io fui invitato.

La speranza durante feste del genere, come tutti ben sanno, era quella di poter giocare al gioco della bottiglia o comunque di poter avvicinare in qualche modo una ragazza in un ambito diverso da quell'habitat difficile che erano i corridoi e i cortili di scuola, e amarla 4ever.

Erano gli anni in cui si stavano affermando Fiorello e il karaoke, Vittorio Sgarbi stava forgiando il suo grazioso personaggio, nelle squadre di calcio italiane giocavano i migliori giocatori del mondo tra cui Maradona, che dopo aver eseguito la mano de Dios per segnare un goal decisivo nei Mondiali in Messico ne aveva eseguita un'altra per salvare un goal in quelli nostrani e, soprattutto, aveva sciolto dei Roipnol nelle borracce durante Argentina-Brasile: maestro. Higuita faceva la mossa dello scorpione, Brandon e Brenda Walsh si erano trasferiti dal Minnesota in California a praticare sesso di gruppo, una volta alla settimana, in seconda serata iniziavano a trasmettere i Simpson e compravamo dai marocchini le cassette pirata del *Festivalbar*.

Marcello, il mio vicino, le aveva già baciate tutte e tre, le fighe, nei primi tre mesi della prima media: una al mese, un viveur, un Richard Gere. Marci ascoltava Vasco, i Litfiba e i Guns, e scriveva a UniPosca sull'Invicta i nomi di questi tre gruppi + altri che non ascoltava: era un attimo rimorchiare.

(Tutti questi aneddoti tipici dei primi anni Novanta sono un misero trucco per far colpo sui nostalgici che si riconosceranno in ciò, poveracci. Volendo andare oltre: la miseria maggiore è scriverli, questi aneddoti, per poi cercare di cavarsela con questo tra parentesi. E, peggio ancora, giustificare il fatto di rendersene conto sminuendo il tutto per fare «bella figura». Non c'è scampo, è inutile. Bisognerebbe stare zitti.)

Arriviamo così all'atteso, da tutti noi piccoli uomini, gioco della bottiglia. Per un colpo di culo, del fato o di come vogliamo chiamarlo, usciamo io e una delle cosiddette fighe: dopo pochi attimi eccomi nello sgabuzzino con Carlotta, quella di madre svedese.

A sorpresa mi ha seguito docile come uno struzzo al guinzaglio. Siamo al buio, poche lame di luci filtrano diagonali dalle ante veneziane del ripostiglio, che riempiamo con i nostri corpi insieme a scope, odore di detersivi, naftalina e qualcosa di simile a dei calzini sporchi, e le risatine ovattate che arrivano dall'altra stanza. Io non ho mai baciato una ragazza in vita mia, ho le chiappe strette, il pisellino e i coglioncini con sei peli totali e una maglietta troppo grande con il collo troppo stretto, lei è bellissima, ha esperienza, è una professionista del gioco della bottiglia, ha due capezzoli e una madre svedese.

Non so cosa fare e mi metto a parlare: dovrei baciarla ma sono troppo goffo e impedito per farlo e allora faccio la gag di Fantozzi che fa l'accento svedese e lei ride. Per fortuna direi, visto che le parole mi uscivano impastate dall'emozione e stavo cominciando a perdere i sensi.

Sono paonazzo.

Dopo qualche secondo infinito ci liberano e io esco dopo di lei con l'aria di chi non la sa né lunga né corta, ma più con l'aspetto di uno che sta trattenendo una scoreggia.

La gag dell'accento svedese deve averla colpita molto perché dopo lo sgabuzzino io e Carlotta abbiamo parlato tutta la sera.

Non ricordo bene cosa le ho detto, ma ricordo che ho dovuto ripetere la cosa dell'accento svedese fino al punto in cui non faceva più ridere, mentre lei in semi-segreto (a seconda dei punti di visuale) mi dava la mano, e questo mi dava la forza di perseguire nel mio: «Pronti? Fantozzi è lei!?» Dettaglio: le nostre mani erano entrambe sudate e questo mi dava forza, se lo fossero state solo le mie sarebbe stata un'altra storia.

Invece la storia è questa: avevamo entrambi le mani sudate e forse, proprio per l'imbarazzo provocato in ella dai pori sudoriferi dilatati, avvenne il miracolo.

Prima di andare via, di indossare un delizioso pigiamino con disegnati gli animalini e infilarsi in delle lenzuola al profumo di biscotti danesi appena fatti (è svedese ok… e allora?) mi diede un bacio a stampo e mi invitò, il sabato successivo, a casa sua, a vedere un film con Ralph Macchio, quello di *Karate Kid.*

Una cosa da non pensare ad altro per una settimana.

Praticamente no io il venerdì che era il giorno prima sono andato a mangiare la pizza con quelli del calcio che ogni tanto facevamo la pizzata al Pizzorante dopo le partite no e ho preso la marinara che ha l'aglio e il mio alito il giorno dopo ha svegliato tutta la famiglia e allora ho provato in tutti i modi a far passare l'odore di aglio anche con l'ausilio di antichi intrugli di mia nonna di Merate ma non funzionava no e allora non è che potevo presentarmi a guardare il film con l'alito che sapeva di aglio e la scarsa igiene orale e via dicendo e allora ho provato anche a mangiare il formaggio grana e il caffè che dicevano che funzionava ma niente no avevo un alito che sapeva di merda caffè aglio e grana e saliva marcia impastata che sono andato a casa sua e mi sono seduto sul divano il più lontano possibile da lei e lei mi si avvicinava e c'era Ralph Macchio che a lui sicuro l'alito non puzzava e io dovevo parlare o girato dall'altra parte o nelle orecchie per non far sentire l'alito e poi è finito il film e me ne sono andato a casa e ho pianto per via del mio alito e non volevo fare più niente nella vita e volevo morire sempre per via del mio alito anche se in fondo in fondo dentro di me la speranza non voleva morire del tutto ed ero quasi quasi convinto che potevo ancora rimediare e.

Il lunedì mattina Carlotta sospese una delle sue vasche per venire da me e dirmi che mi lasciava, cosa che mi sorprese dato che non avevo idea di esserci insieme, perché si rimetteva con Dario di Pagnano, uno più grande che faceva l'operaio e che all'intervallo veniva fuori dal cancello col motorino e la baciava con la sua lingua da iguana.

Quel giorno ho guardato le mani di Dario: aveva le unghie nere di olio, ma masticava Brooklyn e con le donne ci sapeva fare più di me.

A me rimase solo il poter dire in giro: «Chi? Quella? Sì, ci son stato insieme per un po'. Carina eh? Mah, niente di che».

CHIACCHIERE DI PAESE

La tusa che l'era un bagaj

A Osnangeles la roba più moderna che abbiamo visto negli anni novanta è stata «la tusa che l'era un bagaj», ovvero V.M., ovvero la ragazza che prima era un ragazzo, anche se io non l'ho mai vista maschio perché aveva già fatto l'operazione ed era diventata una ragazza.

Che bella che era!

Lei si vedeva poco in giro: immaginatevi che sbatti poteva essere per uno dei primi operati, credo l'unico, della storia di Osnangeles, girare con i tacchi, la gonna e il reggiseno per le vie del paese dove eri cresciuto come uomo. Quando noi bambini ne parlavamo, non capivamo cosa fosse realmente successo, che parti le avessero cambiato: i seni gli erano aumentati con gli ormoni, aveva fatto la plastica o gli erano stati trapiantati da una ragazza che invece voleva diventare un ragazzo?

La cosa certa era che quel genere di operazioni si facevano solo a Casablanca.

Penso che V.M. sia stata una delle persone più coraggiose di tutta Osnangeles: ci vogliono due coglioni così per fare una roba del genere in un paesino brianzolo negli anni Novanta.

Tra l'altro, lei non è che fosse un puttanone, cosa che si pensa generalmente di queste persone: dopo l'operazione, anziché mettersi a batter cassa sui marciapiedi o darsi a orge e a pompini favolosi, si dedicò al volontariato o a tagliare i capelli alle vecchie per due lire. Anche a mia nonna, che diceva che era brava anche se non riuscì mai a chiamarla col suo nuovo nome ma sempre «la tusa che l'era un bagaj».

I gemelli De Pietro e Dilani

I gemelli De Pietro guidano il trattore e hanno un bar in piazza. Sono gemelli imperscrutabili, quando passano con il trattore tu li guardi, loro ti guardano: imperscrutabili.

Poi vai al bar per prendere un maxicono, le frizzy pazzy o la specialità del bar: la focaccia merda e capelli, tu li guardi, loro ti guardano: imperscrutabili è la prima parola che ti viene in mente.

Essendo gemelli ed essendo che si vestono uguali non si capisce mai chi sia uno e chi sia l'altro, quindi non sai mai con chi hai parlato. Lo fanno per confondere le idee.

Quando vai al bancone ci sono loro due che ti guardano, allora chiedi una spuma media e aspetti.

Loro si mescolano tipo il gioco delle tre carte (ma sono due) e continuano a guardarti. Così tu non sai più a chi hai chiesto la spuma e allora chiedi a quello che hai davanti: «Scusi la mia spuma?» E lui, imperscrutabile: «A me non hai chiesto niente».

Allora fai per chiederlo all'altro ma loro si rimescolano di nuovo finché non indovini. Stessa storia per il resto. «Scusi il resto?»

Un'estate nel loro bar c'era un videogioco del calcio e io, Roccia, Fistone, Massifilod'erba, Dilani e qualche altro passavamo i pomeriggi a giocarci.

Il videogioco costava 500 lire a partita e quindi non è che potevamo giocare più di un tot, dato che i nostri nonni non è che cagavano le 500 lire (parole loro) e quindi il resto del tempo stavamo sulle panchine al parchetto e sfottevamo Dilani perché era andato con le prostitute nigeriane sul cavalcavia e diceva che per settemila e cinque gli avevano fatto succhiare un seno: Osnago era un paese molto cattolico, tutto ruotava intorno alla chiesa, per cui di puttane non c'era mai stata neanche l'ombra sulle strade, fino a quando non erano comparse le prime nigeriane sul cavalcavia che da Osnago portava a Lomagna.

Era un po' una terra di mezzo quel cavalcavia, non più Osnago ma nemmeno già Lomagna. Curiosità: a Lomagna dicevano che c'erano i camorristi con la Mercedes che vivevano nelle case popolari di via

Sandro Pertini. Sta di fatto che l'arrivo delle prostate, così erano state soprannominate, creò scompiglio negli ormoni di tutti i maschi di Osnago, di ogni età ed estrazione sociale.

Io e i miei amici prendevamo la bicicletta e andavamo al cavalcavia con la speranza di vedere un capezzolo, ma il più delle volte finivamo con il passare via dritti ridacchiando per l'emozione.

Si dice che una volta Dilani si sia fermato con in tasca dei residui delle mance natalizie e che, dopo una lunga trattativa, sia riuscito a convincere una delle prostate a fargli succhiare un seno per qualche minuto.

Direttamente sul cavalcavia, con le macchine che passavano alle 4 del pomeriggio, Dilani, con la bicicletta appoggiata al guardrail che succhiava il seno di una nigeriana: avremmo pagato oro per vedere la scena ma non avevamo oro e nemmeno quei gettoni d'oro che si vincevano in televisione.

Un giorno avevamo finito praticamente tutti i soldi ed eravamo lì intorno al videogioco a guardarlo come dei bambini scemi. A un certo punto Roccia prova a mettere 50 lire e il gioco funziona.

«Oh, zitti.»

«Oh, non ditelo in giro, pagliacci, che se no i De Pietro ci schiacciano col trattore.»

«Dilani vai dalla prostata con le 50 lire e vedi cosa ti fa succhiare.»

E vai di partite a 50 lire.

Praticamente giocavamo dieci volte di più rispetto a prima.

E così il giorno dopo. Tutto il pomeriggio a giocare e a ridere.

Il giorno dopo ancora eravamo lì al videogioco e Dilani va a farsi cambiare le 500 lire in 50 lire direttamente dai De Pietro.

Quelli, che erano imperscrutabili ma non scemi, mangiano la foglia. Aspettano che Dilani inizi a giocare e poi ci arrivano alle spalle come falchi gemelli.

«Sei stat tè?!»

«Brao!»

«Sei stat tè a mettere le 50 lire?!»

«Brao!»

«Sei stat te?!»

«Brao!»

Finito il gioco.

Il resto dell'estate lo abbiamo passato sulle panchine a dire a Dilani:

«Sei stat tè?!»

«Brao!»

Il Ducati monster

A Osnangeles se avevi la moto tutti ti riconoscevano.

Il figlio di uno degli industriali del paese si era comprato una delle prime Ducati Monster. Tale Sangalli Enzo, aveva sui trent'anni ed era fidanzato con una ragazza veramente brutta fin da quando ne avevano entrambi quindici; poi lui l'ha messa incinta a diciotto e si sono sposati.

Lui era pieno di soldi, quindi diciamo che il colpaccio l'aveva fatto lei.

Quando vedevi la Monster in giro per Osnangeles sapevi che era lui.

Aveva una storia con la barista del Circolone, una signora morbida e prorompente, con la quale si incontrava segretamente al Guglielmotel di Agrate Brianza. Ci andava con la Monster. La barista del Circolone viveva nel palazzo dei puffi, definito così per il suo caratteristico colore blu.

Una volta l'Enzo se la rischia e decide di andare a trovare la Circolona a casa, con la Monster, e la parcheggia sotto il palazzo. Un'amica della moglie che abitava lì davanti la chiama subito dicendo: «Credo che abbiano rubato la Monster a Enzo perché la vedo posteggiata sotto casa mia».

La moglie fa 2+2 e si precipita a suonare alla porta della Circolona che le apre con la vestaglia: le dà uno spintone e si precipita in camera da letto dove trova l'Enzo tutto nudo che dorme.

Lo sveglia con uno zoccolo in fronte e il povero Enzo, di fronte alla moglie nella camera dell'amante, se ne esce, con quell'esperienza che hanno solo certi viveur, con un: «L'ho fatto apposta per vedere se c'è ancora passione fra noi».

La moglie lo fece dormire in una stanzetta allestita in garage per due anni, finché, una notte di Natale, non ebbe pietà di lui.

Lui, per sicurezza, subito dopo vendette la moto.

IL BARETTO

I

Prologo

Due anziani son seduti al bar davanti alle loro birre. Uno dice: «Guarda, in fondo alla sala, quei due vecchietti… siamo noi tra quindici anni!» L'altro risponde: «Ma non vedi che è uno specchio, idiota!»

Qualche mese dopo moriranno.

Primo tempo

Un uomo calvo è seduto a un tavolino, nella veranda esterna di un bar qualsiasi; è una bella giornata e alle ore 18.36 si sta ancora bene in maniche corte, anche in quel punto non battuto dal sole.

Sta sorseggiando, con flemma, una birra media chiara alla spina: è esattamente a metà e sta già pensando che ne ordinerà un'altra ma questa volta in bottiglia, perché in questo bar qualsiasi, probabilmente, non vendono abbastanza birre alla spina da finire il fusto nel tempo necessario a mantenere inalterato il gusto.

Quest'uomo, infatti, fin dalla prima sorsata ha riscontrato, sia tramite le papille gustative, sia tramite i ricettori olfattivi, il gusto vagamente ferruginoso, il retrogusto acido e l'odore sgradevole tipico della birra rimasta troppo a lungo in un fusto aperto.

L'uomo appoggia il bicchiere, che dopo l'ultimo sorso, è ora per circa tre quarti, vuoto, sul tavolino di ferro battuto bianco e leggermente scrostato, a fianco di una ciotola anch'essa bianca (ma di un bianco diverso, più freddo) ripiena di arachidi tostate: osserva le gocce di condensa scorrere lungo il bicchiere per andare a formare un alone circolare al di sotto dello stesso.

Sorride alla cameriera, unico fiore all'occhiello di questo bar qualsiasi, che si sta avvicinando al tavolo: immagini erotiche di posizioni a cucchiaio si manifestano nei suoi pensieri, immagini che vanno dissolvendosi, come il sorriso, al passaggio della spugnetta sul tavolino, lasciando, nella testa dell'uomo, prima il pensiero dello sforzo (con tutti i rischi di successo e fallimento che potrebbe comportare e tutte le dinamiche mentali atte a ristabilire in qualche modo quella sensazione di «pace con se stessi» che ne seguirebbe) che dovrebbe precedere o seguire tali atti e, in seguito, la rinuncia all'azione.

Mentre la cameriera, con gli occhi che le sono scivolati addosso, si annota un post-it cerebrale del tipo «Portare ciotolina aggiuntiva con patatine» e sta per allontanarsi dal tavolino, arriva un altro con degli occhiali da sole. È un conoscente dell'uomo seduto al tavolino: non si vedono da circa tre mesi, forse quattro, ma potrebbero essere anche cinque. Non ci è dato saperlo con precisione e non è importante ai fini della vicenda.

L'uomo appena arrivato, che nel frattempo si è sollevato gli occhiali da sole sopra la testa, si accomoda sull'unica sedia allo stesso tavolo dell'altro uomo e, su suo consiglio, ordina una birra in bottiglia. Per prima cosa, sporgendosi l'uno in direzione dell'altro, si scambiano dei convenevoli. Il menù sociale è composto da una calorosa e moderna stretta di mano, annaffiata con dei saluti e seguita da generici e disincantati come va. L'uomo che era già seduto al tavolino subisce anche una leggera pressione shakerata, eseguita con la mano libera, sulla spalla destra.

Non sapendo esattamente, come spesso accade in situazioni del genere, da dove iniziare a raccontarsi, il fondoschiena della cameriera che si sta allontanando in direzione del bancone sembra un buon eterosessuale punto di partenza per entrambi, che si scambiano l'universale cenno di intesa, eseguito strizzando velocemente una palpebra.

Prima di attaccarsi alle proprie birre in bottiglia (l'uomo calvo ha finito quella alla spina e ne ha ordinata un'altra, come già deciso in bottiglia, e ha pagato per entrambi; questo nonostante le vane suppliche dell'uomo con gli occhiali che, con un esagerato sventolio di portafogli, aveva voluto far intendere di voler offrire a sua volta il giro) i due, come consuetudine, eseguono un brindisi facendo tintinnare il vetro e guardandosi vicendevolmente negli occhi.

Perché? Non lo sanno, ma gli è stato insegnato che bisogna fare così. Fosse stato presente un terzo uomo, con una polo salmone ad esempio, e fosse stato una di quelle persone che amano informarsi, seppur in maniera scolastica o grossolana, sull'origine delle usanze, non solo per conoscenza esclusivamente personale ma per poter poi, al momento giusto, condividere, se non ostentare, le proprie nozioni provando piccoli picchi di vanitoso entusiasmo nel farlo, avrebbe potuto raccontarci la genesi del brindisi e del guardarsi negli occhi: purtroppo, non essendo quest'uomo dalla potenziale polo salmone presente, rimarrai ignaro.

Tra un sorso e l'altro i due sentono la necessità di raccontarsi qualcosa. Terminate le domande di routine, le considerazioni meteorologiche, quelle sportive e pian piano scemato l'iniziale entusiasmo, l'uomo con gli occhiali da sole comincia ad avvertire quel senso di disagio che si prova in questi momenti. L'uomo calvo, forse per via del fatto di essere il primo occupante del tavolino, per una questione di temperamento e di relativa tranquillità emotiva sembra non risentire di questo «annoiarsi»: si lascia cullare dall'alcol, si perde nei propri pensieri sprofondando nella sedia e ondeggiando leggermente il capo avanti e indietro.

La situazione per lui pare essere rilassata e distensiva, il silenzio non gli crea imbarazzo e non trova necessario sforzarsi per fomentare la discussione, limitandosi ad annuire col capo alle ormai sparute osservazioni dell'uomo con gli occhiali che, al contrario, sente l'acuirsi della propria difficoltà di porsi nei confronti della situazione. L'impressione è che si senta in difetto per non aver avuto la capacità di mantenere la conversazione a un livello adeguato, che senta come sua la colpa di non essere stato in grado di ricreare quell'atmosfera giusta. Ciò gli provoca imbarazzo, perciò decide, con una scusa, di abbandonare il palcoscenico.

Ti alzi anche tu, quasi sfiorandolo volontariamente con la spalla mentre vi avviate verso l'uscita per guadagnare il parcheggio.

Mentre cerchi le chiavi della tua auto nelle tasche che, come al solito d'estate, avendone una quantità minore, sono troppo piene, ma intanto non te la senti di indossare un marsupio o un borsello ritenendo il primo dozzinale e il secondo uranista, lanci un'occhiata alla veranda del bar qualsiasi e ritrovi la situazione iniziale vista da una prospettiva diversa: il sole è ormai calato, fa più fresco, l'uomo calvo, che si è infilato un maglioncino di cotone, è sempre seduto al tavolino e sta facendo un cenno con la mano per richiamare l'attenzione della cameriera e ordinare un'altra birra. L'alcol gli sta facendo prendere in considerazione la possibilità di farle una battuta divertente per rompere il ghiaccio, ma non lo saprai perché hai già ingranato la retromarcia e stai guardando nello specchietto retrovisore.

Primo intervallo

Intervento video di Robin Williams che, invece, se la sente di raccontare una barzelletta per sciogliere un po' la tensione.

Poi si allontanerà per suicidarsi.

Un uomo e sua moglie stanno facendo sesso.

Ci danno dentro di brutto.

Improvvisamente sentono un rumore: è il figlioletto, Timmy, in piedi sulla soglia.

Timmy è scioccato e scappa.

Il padre fa: «Vado a parlare con Timmy».

Va verso la stanza di Timmy.

Apre la porta.

Il piccolo Timmy si sta scopando di brutto la nonna.

Il padre fa: «Oh, mio Dio!»

E il piccolo Timmy: «Non è così divertente quando è tua madre, vero?»

Risate.

Secondo tempo

Sei passato da quel bar qualsiasi perché avevi bisogno di bere qualcosa, di alleggerirti la testa, ma non sei del tutto convinto che abbia funzionato. Hai l'illusione di sentire i pensieri scorrere più fluidi, senza direzione, quasi galleggiare come bottiglie vuote, senza messaggi al loro interno, sull'acqua; ma quella sensazione che hai nel petto non si è smorzata. Si accentua quando ti fermi al rosso dei semafori, quando non devi mantenere alta la concentrazione alla guida.

È cominciato tutto qualche ora fa, mentre eri in pausa pranzo, seduto negli spogliatoi, e ti sei assopito per qualche istante come ti succede quasi ogni giorno dopo mangiato. *Sei bambino, c'è uno scivolo e sei il prossimo che deve salire sulla scaletta, il luogo è familiare ma ha contorni indefiniti, il cielo sembra latte, senti il ferro freddo sulle mani, vedi i tuoi piedi che salgono i gradini, sei a metà, senti la presenza di altre persone alle tue spalle, stanno salendo, puoi solo continuare a salire e lo fai, non puoi tornare indietro né fermarti, sali quegli scalini verso la cima, sei in piedi sulla piattaforma, guardi indietro, guardi giù, vedi un vecchio disteso nella buca di sabbia alla fine dello scivolo, allora ti aggrappi ai manici di ferro, gli altri dietro ti dicono vai vai, e vorresti piangere e c'è il vecchio lì in fondo dentro quella fossa di sabbia e senti che ti manca il respiro e...*

Hai aperto gli occhi in una sorta di sussulto con la sconsolante consapevolezza che quella sensazione, la stessa che stavi provando sulla piattaforma dello scivolo, ti sia rimasta addosso: è una forza sconosciuta, che ti affanna il respiro come se qualcuno, un immaginario qualcuno, ti stesse esercitando una pressione sempre più forte sul torace. Non è più andata via: hai provato a lavorare ma non ci riuscivi, hai chiesto un permesso, timbrato il cartellino e sei uscito sentendo lo sguardo infastidito del tuo direttore nella schiena, cosa che ti ha fatto provare anche un immotivato, a pensarci bene, senso di colpa nei suoi confronti e verso quello che dovrebbe essere il tuo dovere di lavoratore.

Sei andato al bar.

Hai bevuto e osservato bevendo il tizio calvo e il tizio con gli occhiali da sole che bevevano.

Adesso fissi il vuoto, fermo a un semaforo.

Un tale, seduto in una macchina rossa due veicoli dietro di te, allo scattare del verde si attacca al clacson. Un altro, nell'automobile subito davanti a quella del tale precedente e subito dietro alla tua, si sporge dal finestrino ed esclama: «Suona a tua madre». Il tal dei tali che stava suonando il clacson interrompe per un attimo questa pratica, si sporge dal finestrino e dice con tono pacato: «Se non lo sai, mia madre è morta, ignorante»; poi riprende in mano la pratica (il clacson) con più vigore. Il tale nell'autovettura dietro a quelle degli altri due tali s'attacca anche lui al clacson. Anzi, tutti i tali nelle auto dietro la tua auto pigiano il tasto clacson (tranne uno che, per errore, preme il tasto tergivetro) fino a che ti riprendi dalla tua assenza e, dopo aver fatto un cenno di scuse nello specchietto, riparti.

Uno scooterista sovrappeso schiva di un soffio una delle macchine dei tali che ripartono sgommando (quella del tizio tergivetro) e grida (lo scooterista): «Imprudente!» Vorrebbe anche alzare la mano destra per eseguire il gesto di imprecazione verso il cielo ma la guaina paravento-parafreddo marca Tucano che non ha ancora, per pigrizia, rimosso dallo scooter per la stagione primavera-estate, glielo impedisce e così si deve accontentare dell'aggettivo professato e che in seguito valuterà, fra sé e sé, un po' leggerino ma, invero, adeguato e tutt'altro che volgare.

Secondo intervallo

Delle persone si alzano e vanno al gabinetto: agli orinatoi si osserveranno segretamente i genitali per confrontarli con i propri.

Viene mostrato un breve filmato di un regista indipendente in cui viene inquadrato un televisore in un pubbetto. Sul televisore si vede Quaresma che dimostra come eseguire una trivela, fallendo. La telecamera arretra dandoci una panoramica quasi completa del pubbetto, che ha anche una zona balera, e vediamo due giovanotti con i baffi arricciati che sono indisposti perché si sono dati appuntamento in questo pubbetto che fa anche da balera e, oltre ad avere gli stessi baffi, si sono accorti di essere usciti con il medesimo modello di giacca e di espadrillas e ciò, a loro giudizio, non è affatto top.

Chiederanno esplicitamente alla cameriera di poter sedere a tavoli separati e si lanceranno occhiate cariche d'odio.

Due anzianotti, uno con i baffi e uno no, sono indisposti perché, alzandosi da tavola alticci di campari col bianco, sempre nello stesso pubbetto/balera di prima, sono entrati contemporaneamente nella stessa giacca che si è scucita e adesso chi la sente la Sandra.

Una ragazza di sesso femminile non è riuscita a immortalare la scena top (di due vecchi dentro a una giacca) con il suo iPhone 5s perché stava instagrammando l'omelette km 0 e il succo d'arancia bio che le erano appena stati serviti da una cameriera di cui si potrebbe dire tutto tranne che top.

Ma, volendo vedere, si potrebbe dire anche: top; giusto per dire.

La ragazza postando la foto dell'omelette km 0 con il succo d'arancia bio su Twitter aggiungerà in 140 caratteri l'aneddoto dei vecchi che entrano nella stessa giacca ma ciò non provocherà il successo sperato.

Terzo tempo

Il terzo tempo nel rugby a 15 è il tradizionale incontro dopo gara tra i giocatori delle due squadre. Inteso come momento conviviale pomeridiano oppure serale, il terzo tempo è sempre stato visto come momento di socializzazione tra i giocatori, cui spesso partecipano anche le loro famiglie e, talora, anche i tifosi; nel mondo anglosassone si svolge in genere presso la Club House della squadra che ospita l'incontro. (Fonte: Wikipedia)

Il terzo tempo nella pallacanestro, invece, è il tiro in corsa. È una tecnica di tiro che permette di effettuare un tiro in avvicinamento al canestro avversario. Consiste nell'esecuzione di due appoggi di piede (i primi «due tempi», che sono però diversi dai «passi») e di un salto (il «terzo tempo») durante il quale si appoggia la palla al tabellone o direttamente a canestro ed è l'unico caso in cui è ammesso compiere più di un passo senza palleggiare (cioè senza fare «passi»). (Fonte: sempre Wikipedia)

Il terzo tempo, in questo caso, è il seguito della vicenda, che è il seguente: mentre dei rugbisti e dei cestisti eseguono due diversi tipi di terzo tempo, nel Pacifico maschi di calamaro depositano sacchetti di sperma dentro femmine di calamaro, al contrario di come la scienza può supporre, a scopo tutt'altro che riproduttivo né tantomeno per dovere coniugale ma solamente per fare un gavettone e due risate con gli amici.

Mentre, al Conad, femmine di essere umano riempiono sacchetti biodegradabili – che riutilizzeranno, sempre che come al solito non si rompano, per buttare l'umido – di generi alimentari in offerta fra i quali anelli di calamari surgelati e di sesso promiscuo «che non c'è più nulla da ridere e scherzare», con cui faranno la frittura «che il Samuele e la Giada ne vanno matti e ormai mi mangiano solo quello o il purè».

Mentre qualcuno nel mondo starà casualmente o volontariamente ascoltando, piangendo, la canzone *No non mi tradire quando vai al mare, quando vai a lavorare* di Paolo Vallesi.

Mentre non esiste più un te stesso, quel te stesso che credevi di essere tu fino a poco fa, arriverai a casa e mentre succede questo da qualche altra parte succederà comunque qualcos'altro.

Ti sdraierai sul divano dopo aver svuotato le tasche nella ciotola di raku poggiata sul tavolinetto Archibald di Maison du Monde da 299,90 euro, a cena scambierai poche parole con tua moglie. Ti chiederà che cos'hai e tu risponderai: «Niente», disegnando spazi bianchi fra l'arancione delle carotine della Valle degli Orti che non ti andranno giù.

Penserai di andare a letto e dormire, che magari con una dormita passa tutto, ma invece ti siederai sul divano e accenderai il televisore per vedere se danno un film, qualcosa, una distrazione; la sentirai muoversi nervosa di là, in cucina; sentirai il tintinnio delle stoviglie e percepirai la tensione dai toni di quel tintinnio e questo ti irriterà perché hai già i tuoi problemi e come può lei, la donna che hai sposato, ancora, dopo così tanto tempo insieme, non capire che in questo momento quello che vorresti è solo stare in pace, o sparire, ma non puoi?

Stai male, e non sei uno di quelli che esce a comprare le sigarette o va al bar perché… non lo sai bene perché, ma ogni volta che sei uscito la sera per i fatti tuoi hai provato un senso di colpa nei suoi confronti, ti sei sorpreso a guardare spesso l'orologio e quando sei tornato a casa hai sentito il bisogno di giustificarti, ti sei immaginato nei suoi panni, ti sei immaginato nella situazione inversa ma no: cosa deve fare una donna in giro fino a tardi? Ti sei ingelosito.

Lei ti raggiungerà sul divano come ormai ogni sera tranne, in genere, il martedì e il giovedì che ha il corso di raku, o una di quelle poche volte in cui non siete troppo stanchi e demotivati per uscire e intrattenervi con quello che offre la notte di provincia e c'è quello smart-box che vi hanno regalato a Natale e che avete ancora lì, appoggiato sul comodino vicino all'abat-jour e ai soprammobili di raku. Quel che accadrà sullo schermo aiuterà a mantenere basso il costo psicologico della convivenza: come due iceberg galleggerete l'uno a fianco all'altro con solo le vostre sommità visibili.

Più tardi farai zapping, non ci sarà nulla di interessante, spegnerai il televisore e sullo schermo nero appariranno i vostri fantasmi seduti sul divano, il teatro delle vostre solitudini. Lei si alzerà per andare in bagno e tu guarderai il culo di quel corpo che ogni giorno senti più lontano, quasi nemico. Quelle che un tempo ti sembravano piccolezze, insignificanti incompatibilità caratteriali sorvolabili nella loro inezia, sono cresciute, si sono esasperate, ti esplodono dentro. L'illusione che il cocktail a base di amore, impegno, dedizione e buona volontà avrebbero finito per annullarle non riesci più a berla, e il tempo, l'inesorabile decadimento del corpo, la routine, la noia, le tasse e l'affitto da pagare hanno annacquato il resto.

Ti alzerai dal divano e raggiungerai la camera da letto, la rivedrai, penserai di nuovo a quel prima, quel prima che ti sembrava bello e che ora è un vuoto. Sdraiato, con la luce spenta fianco a fianco con lei, ti sentirai triste, ti verrà voglia di accendere una sigaretta ma hai smesso di fumare. La sentirai muoversi fra le lenzuola per trovare una posizione, poi la sentirai smascellare e subirai lo stridio dei suoi denti. Lei ha questo vizio di digrignare i denti durante il sonno. Glieli spaccheresti quei denti. Ma no. Starete lì, ognuno sdraiato nel suo lato del letto, al buio, i fari di un'auto che illuminano per qualche istante la stanza, sconosciuti e inconoscibili ormai, schiavi del tempo, dell'abitudine e di una macchina che vi ha assorbito, con le vostre speranze di cambiamento, derubati, intrappolati.

Sentirai ancora quella sensazione nel petto.

Vorresti poter scoppiare in lacrime e singhiozzare, cercando conforto fra le braccia di quella donna che hai sposato, confidarle queste tue paure, queste sensazioni di impotenza, di fallimento; ti verrà un conato di vomito, andrai in bagno e ti butterai un po' d'acqua fredda sulla faccia, poi resterai a guardarti allo specchio con le mani appoggiate al lavandino.

Guarderai quell'immagine senza guardarla.

Perso.

Il nulla.

Tornerai a letto e non ci sarà alcun contatto con lei, quel contatto che c'era sempre, prima, anche solo con un piede.

Lo smart-box sul comodino.

La macchina in garage.

Il caffè alla macchinetta.

Colorado cafè in televisione.

LA VACANZA

È una sera d'estate, il 1983.

Sono da qualche parte in una località balneare, su un lungomare di cemento. C'è una festa, si fatica ad avanzare tra le persone. Ci si fa largo camminando di profilo, alzando i gomiti. Fa caldo, un caldo umido. C'è da poco stato un temporale e le molecole d'acqua in processo di evaporazione si attaccano alle magliette che aderiscono, umide, ai toraci di tutti questi corpi. Questi corpi che rilasciano, a loro volta, altre molecole ma più puzzolenti. Ogni tanto si apre uno spiraglio e un soffio di brezza marina e i suoi profumi arrivano a dare un leggero sollievo a questo miasmatico Tetris di corpi.

Il vociare delle persone crea un tappeto sonoro da cui, ritmicamente, ogni tanto, si innalza l'acuto e rauco latrato di un venditore ambulante di zucchero filato, caramelle o panini con la salsiccia.

La base del profumo marino, composta da salsedine, resina di pini marittimi ed erbe aromatiche è coperta da un forte odore di carni alla brace che si alterna a vampate di ascelle mal lavate e forti odori dolciastri, simili a quello della cipolla, di origine indefinita.

Io vedo solo gambe. Un alternarsi di ginocchia, polpacci, pelosi, glabri, rossi, bruni, bianchi, grassi, secchi. E piedi: nudi, lunghi, sporchi, piatti, storti, belli, brutti, zoccoli, scarpe.

Arriviamo in uno spiazzo alberato. L'odore della brace e il caldo diventano più intensi. Il fuoco è vicino.

Metto una mano davanti agli occhi per coprirmi dai raggi di un grosso sole arancione che filtrano attraverso i rami dei pini. Mi ritrovo di fronte un bue, un intero bue infilzato su uno spiedo posto sopra a una grossa graticola sistemata sul terreno. Due persone piuttosto grasse sono indaffarate a far girare su se stessa la gigantesca carcassa bovina tramite delle manovelle all'estremità della struttura in acciaio.

Guardo per qualche istante l'animale. Sono paralizzato. Mi si spalanca la bocca. Anche la bocca del bue è spalancata e guadata da un tubo. Un tubo che lo attraversa completamente uscendogli dallo sfintere.

Alzo gli occhi per cercare lo sguardo rassicurante di mio padre.

Non mi guarda, fissa anche lui l'animale.

Poi osservo la mia mano che stringe quella di mio padre.

Il bue, la mano di mio padre, il bue, la mano di mio padre, la mia mano libera.

Accade tutto molto velocemente, questione di istanti.

Uno dei due griglieri stacca con un lungo coltello pezzi di carne dall'animale e li porge ai presenti, due capre bianche legate a un albero belano guardando il cielo e vibrando il cranio: si respira un'aria di violenza incombente.

Una banda di ottoni che prima era solo un suono lontano ora sta passando proprio lì e la folla si allarga per permetterne il passaggio. La gente è talmente accalcata da impedire qualsiasi movimento dal collo in giù: provo un senso di disagio e di oppressione.

Dei gabbiani volteggiano in cerchio attorno al fumo, emettendo un suono sinistro, uno stridore soprannaturale.

Il brusio del vociare si fa più intenso e martellante.

Per una frazione di secondo c'è un inspiegabile silenzio, ma solo nella testa di mio padre. Si accorge di non avere più la mia mano nella sua. Ricontrolla. Io non ci sono. Gli si gela il sangue. Guarda verso il basso ma vede solo gambe e piedi. Ruota la testa per guardarsi alle spalle e si trova occhi negli occhi con un obeso con degli occhietti rossi, piccoli e infossati cui cade un boccone di carne dalla bocca. Ne sente il fiato caldo e speziato. Due cani randagi si contendono un osso ringhiando e mostrando i denti. Uno dei due griglieri li scaccia con un calcio e grida qualcosa. Mio padre guarda alla sua sinistra, dove c'è sua moglie e dove, prima di non vedermi nemmeno lì, si era creato l'immagine rassicurante che avrebbe voluto vedere nella mente: io e lei.

Gli occhi di mia madre e di mio padre si incrociano, lei accenna un sorriso subito interrotto dallo sguardo colpevole di lui: «È stato lui a perdermi, io ero con lui». Questa cosa angoscia la sua coscienza allo stesso livello del fatto stesso di avermi perso. Mia madre, con quell'istinto che hanno le madri, comprende da quello sguardo che c'è qualcosa che non va. Comprende quello che non vuole capire e sapere. L'ultima cosa che vorrebbe sentirsi dire. Ne trova conferma nelle parole di mio padre, confuse. Sono immobilizzati in mezzo alla folla e non c'è più il loro bambino. Le si stringe lo stomaco, sente un sapore acido salirle in bocca. Sbianca e ha delle forti contrazioni. Ha mia sorella nella pancia da cinque mesi che già pensa: «Gran coglione mio fratello».

Nel ring che è dentro la testa di entrambi, la speranza di ritrovarmi lì in mezzo è alle corde e sta subendo i rapidi e potenti colpi del panico, che è in gran forma.

La donna sviene, si lascia cadere, scivolare tra quell'ammasso di carni. La folla si apre e la circonda, in cerchio: «Fate aria!» Si sentono delle grida, qualcuno dei presenti cerca di rianimarla passandole dell'aglio sotto al naso.

Io sono seduto, in compagnia di una bambina, sui gradini davanti al nostro albergo. Mi dice che se le farò vedere cosa ho nelle mutande lei mi farà vedere quello che ha lei. Ci tiriamo giù i pantaloni e confrontiamo i rispettivi genitali. Mi spiega che il mio è un pisellino, mentre il suo è un taglietto: «Vedi», dice indicandomelo. Sembra interessante, dall'emozione mi cago addosso.

Dopo qualche ora mi ritrovarono.

La gioia e il sollievo dei miei genitori furono più forti di tutte le sensazioni che avevano provato fino a quel momento. Mi aspettavo sberle, invece mi portarono in camera e, stremati, mi abbracciarono, tenendomi stretto fra di loro. Io mi facevo abbracciare. Le mie mutande contenevano un pisellino e un buon mezzo chilo di merda.

Nella testa continuavo ad avere l'immagine di quel taglietto.

Non rividi mai più quella bambina, o forse sì? O forse sì?

In ogni caso: credo di essermela giocata male.

Dal cucinino sul retro arrivano il suono di un piccolo televisore tenuto troppo alto e un profumo di sugo al pomodoro.

Io penso alla vecchia che sta di là, con la poltrona troppo vicina alla televisione che lampeggia nel buio della stanza, ipnotizzata dallo schermo come un insetto attratto dalla luce, gli occhiali senza montatura, i capelli corti grigi e arancioni, la bocca aperta, il vestito a fiori da vecchia e la pelle che cade, la scopa in una mano e la paletta nell'altra, il sugo che si asciuga a fuoco basso, il cucchiaio di legno sporco appoggiato sopra al tegame sul fuoco azzurro del fornello, il libretto delle ricevute appoggiato sul tavolo vicino al portapenne e, in un angolo della stanza, sul pavimento di piastrelle veneziane, un ammasso di capelli come un mucchio di fieno.

La vecchia ogni tanto si affaccia dalla porta, si guarda intorno e dice buonasera. Poi ritorna al buio. La vecchia ogni tanto esce dalla porta con la scopa e la paletta e trascina i capelli di là con lei, al buio.

La vecchia è la madre di Alberto, il barbiere di Osnago.

Io sono seduto con il cotone e un lenzuolo azzurro intorno al collo. Ogni tanto devo alzare il braccio, che da sotto al lenzuolo appare come quello di un fantasma azzurro, per grattarmi perché i capelli che si vanno a infilare tra il collo e il cotone mi prudono: in quell'attimo Alberto si ferma, mentre i nostri sguardi si incrociano nello specchio e le forbici continuano a tintinnare a vuoto nell'aria.

Alberto è di statura media, ha capelli grigi e spessi, i piedi piccoli e le mani che puzzano di sigaretta. Vengo qui da quando sono bambino: è rimasto tutto com'era tranne che non si può più fumare dentro e allora Alberto va a fumare nel retro.

Ci sono tre sedie, una libera e le altre occupate da due vecchi seduti ad aspettare il proprio turno con la faccia nel giornale, un tavolino su cui sono appoggiati dei quotidiani, dei «Tex», dei «Topolino» e dei «Quattroruote», un appendiabiti con su un ombrello e un berretto, le perline di legno chiaro alle pareti, la luce al neon, un crocifisso, una foto di Giovanni Trapattoni, una foto di Osnago nel 1902, due sedie da barbiere per adulti, un seggiolone per i bambini, un mobile bianco a specchiera comprensivo di due lavandini e una vetrinetta di prodotti per capelli.

La testa ce la si lava alla vecchia maniera: chinati in avanti, con l'acqua che ti finisce nel naso e lo shampoo che ti cola negli occhi.

Alberto lavora solo, da quando suo padre è morto. Gli ha insegnato lui come si tagliano i capelli, cosa dire e come fumare le sigarette lavorando.

Ho portato ad Alberto una foto ritagliata da un giornaletto per farmi fare i capelli come Dylan McKay: lui l'ha studiata un po', mi ha guardato i capelli, ha riguardato la foto mettendomela vicina al viso, ha annuito e detto: «Ok». Poi l'ha incastrata sul bordo della specchiera, mi ha fatto accomodare in poltrona, messo il lenzuolo e ha iniziato a tagliarmi i capelli con il solito tintinnio di forbici, buttando ogni tanto uno sguardo alla foto come per avere un punto di riferimento.

A un certo punto mi ha preso il mento con due dita e mi ha fatto ruotare delicatamente, prima verso destra e poi verso sinistra, ha socchiuso gli occhi, ha annuito e ha continuato a sforbiciare. Quando ha finito mi ha messo il gel, si è passato il pollice e l'indice sulla lingua, mi ha sistemato il ciuffo e poi mi ha rigirato sulla poltrona per farmi vedere bene sugli specchi il dietro.

Alberto sa fare solo tre tagli: quello da scolaretto, quello da marines, che è uguale a scolaretto ma più corto, e quello a spazzola che è uguale a quello da marines ma con il gel. Alberto, quindi, sa fare solo un taglio.

Nello specchio c'erano la foto di Dylan McKay su un lato e io e Alberto sull'altro: lui con gli occhi socchiusi, le mani appoggiate allo schienale della poltrona e il corpo arcuato all'indietro e io avvolto nel lenzuolo con il taglio da scolaretto. Ho fatto un sorriso con un angolo della bocca per non farlo rimanere male e ho detto: «Ok».

Allora lui ha rigirato la poltrona, mi ha spruzzato del borotalco sulla nuca con una peretta, mi ha pulito i capelli dal collo con una spazzola simile a un pennello e, mentre con una mano mi levava il cotone, con l'altra eseguiva la sua mossa per liberarmi dal lenzuolo, che ricordava molto quella dei toreri nelle arene. Poi mi ha portato nel retro per farmi la ricevuta e la vecchia era lì come l'avevo pensata, al buio.

LA PASTICCERIA FRIGERIO

«Buongiorno.»

«Buongiorno a lei.»

«Posso esserle utile?»

«Sì, grazie. Vorrei acquisire un tomo.»

«Scusi l'ignoranza... ma cos'è un tomo?»

«Un libro, vorrei un libro.»

«Veramente questa sarebbe la pasticceria Frigerio.»

«Ah, e come mai son qui?»

«Me lo dica lei.»

«Non lo so. Dev'essere un errore dell'autore.»

«E cosa si aspettava? Mi dica lei se viviamo in un Paese normale.»

«Ha ragione. Scusi e arrivederla.»

«Vuole un cabaret di assortiti?»

«No, grazie.»

«Arrivederla.»

«Scusi...»

«DICA...»

«Signor autore, dovrei andare in libreria, scriva che sono in libreria.»

«*PRONTI!*»

«Buongiorno.»
«Ancora lei?»
«Ah, non sono in libreria?»
«No, è di nuovo la pasticceria Frigerio.»
«Ma dio...»
«Non bestemmi, veh! Per cortesia!»
«Non volevo. Mi è sfuggita. Solo che io dovrei andare in libreria. Può iniziare questo dialogo collocandomi in libreria?»
«Parla con me?»
«No, con l'autore.»
«Ah, non conosco. Questa è la pasticceria Frigerio.»
«Per piacere mi porti in libreria!»
«Provi questi cannoli freschi freschi.»
«No, la ringrazio. Per cortesia lei mi metta in libreria che ho fretta.»
«IN LIBRERIA? PRONTI!»

«Oooh! Finalmente.»
«Buongiorno.»
«Buongiorno a lei.»
«Posso aiutarla?»
«Sì. Vorrei un libro sui 30 euro, ne avete?»
«Un attimo che controllo.»
«Certamente.»
«Mi spiace ma sono terminati.»

«Che peccato.

«Abbiamo dei libri marroni, però.»

«Mmm, è che marrone ce l'ho già.»

«Capisco, ma questo è uno splendido marrone chiaro.»

«No, a dirle la verità... è che non mi piace il marrone.»

«Sua moglie è vaginale o clitoridea?»

«In che senso?»

«Nel senso che riesce a farla venire vaginalmente o solo strofinandole il clitoride?»

«Non la seguo...»

«Sono delle piccole domande che facciamo ai nostri clienti, per il nostro archivio dati...»

«Ma cosa sta dicendo, mi scusi?»

«Guardi, francamente, non ne ho idea.»

«Ma chi è lei?»

«Scusi, ma chi è lei, piuttosto?!»

«Non ne ho precisamente idea. L'autore non mi ha caratterizzato, so solo che volevo venire qui, in libreria.»

«Be', ma questa è la pasticceria Frigerio.»

«Ma, come è possibile? Un attimo fa era una libreria!»

«Lei deve avere la febbre, caro il mio intelligentone: lo vede il cartello qui sopra? Pasticceria Frigerio. Pastic-ce-ria Fri-ge-rio.»

«...»

«Le incarto delle meringhe?»

«Diavolo no! Per quanto ha intenzione di tirarla avanti?»

«Abbiamo aperto da qualche anno ma sa, la crisi...»

«Non dicevo a lei! Per quanto ha intenzione di tirare avanti questa storia del cazzo il signor autore?!»

«FINE.»

«Meno male!»

«Un semifreddo alle bacche rosse?»

«No, porca m... no!»

«Ecco, lo sapevo che alla fine bestemmiava.»

«Sì, va bene? Bestemmio, e allora!?»

«Che brutta persona. Si vergogni!»

«Si vergogni l'autore!»

«COS'HAI DETTO?»

[E il protagonista morì]

«Scusi, almeno lei, signor autore, mi compri qualcosa... adesso che avete toccato tutto!»

«PRONTI!»

[E la pasticceria Frigerio fallì]

QUANDO ERAVAMO JOVANI

Quando eravamo alle scuole elementari ho scoperto che quel coso che avevo negli slippini, con cui facevo la pipì e che avevo sempre chiamato pisello (da lì in avanti lo avrei chiamato cazzo, ma mai davanti ai miei genitori) ogni tanto diventava inspiegabilmente duro.

La prima volta che me ne accorsi fu durante la lezione di grammatica. Stavamo facendo un dettato quando sentii qualcosa smuoversi lì da basso e la tutina della Galbusera rossa con il mago G disegnato in giallo sul cuore si sollevò sul davanti formando un'imbarazzante collinetta di cotone sorretta da questo bastoncino di carne.

Ricordo che mi guardai intorno tra il confuso e il sospettoso, stavo per mettermi a piangere… ma poi capii. Abbandonai il dettato e mi misi a fare quello che avevo visto fare a mio padre. Con il braccio sinistro semidisteso e l'impugnatura fra le nove e le dieci tenevo un immaginario volante e con la mano destra manovravo la leva del cambio che mi era cresciuta nelle mutande. Facevo anche la retro. Ogni tanto rallentavo e salutavo una compagna mimando un colpetto di clacson, chiedendo: «Quanto vuoi?»

Appena la maestra se ne accorse si arrabbiò e mi ordinò di andare in punizione dietro la lavagna. Io feci notare che la lavagna era attaccata al muro e allora lei mi prese per un braccio e mi portò dal preside. Il preside non c'era perché era in giro a clacsonare alle ragazze (a quanto ricordo, in paese tutti gli uomini, non appena erano in età di patente, facevano questa cosa di clacsonare alle ragazze per strada) e allora venni consegnato ai bidelli.

Io ho sempre sognato di fare il bidello o il custode, mi sembrava una bella vita: non fare un cazzo. Essere un bidello o un custode è come far parte di una loggia massonica, ci sono dei segnali, dei rituali, dei simboli e dei giri segreti di informazioni. Una è conoscere tutti i casi di inaugurazioni o simili nel raggio di cinquanta chilometri nei quali ci sia da mangiare gratis. Durante quegli eventi si può assistere all'arrivo di pulmini di bidelli e custodi con famiglie, sempre numerosissime, che circondano i tavoli del buffet incamerando e intascando più cibo possibile. I bidelli, come le cavallette, creano il disordine e il panico: se ne sbattono il cazzo se quello è cibo destinato ai ragazzini africani o simili, loro pensano esclusivamente alla loro cerchia. Lo stesso fanno nelle scuole, qualsiasi cosa ci sia da elasticare: la elasticano e in scioltezza tornano a casa gonfi come babbi natali.

I bidelli della mia scuola erano tre, e avevano i grembiuli azzurri. Uno era grosso come un fuoristrada e altissimo, più di un papà, lo sguardo truce e gli scarponi ortopedici tipo quelli di Frankenstein. Puzzava di un odore acido, e continuava a gorgogliare per schiarirsi la voce. L'avevo visto più volte prendere a sberle ragazzini ben più grandi di me, perché non sopportava l'idea che si giocasse a calcio nei corridoi con le palline di carta arrotolate e tenute insieme con lo scotch. Appena se ne accorgeva si gettava in mezzo alla mischia, come una bestia enorme circondata da una muta di cani da orso della Carelia che abbaiavano innocui, e ruotava le braccia colpendo quel che capitava nella traiettoria di quelle manone grandi come pizze.

Una volta recuperata l'arma del delitto la faceva in mille pezzi con la rabbia negli occhi, oppure se la infilava semplicemente nella tasca del grembiule.

Succedeva praticamente ogni giorno, all'intervallo, e ogni giorno una nuova pallina di carta veniva costruita e distrutta in un ciclo continuo, come un serpente che si morde la coda.

Io facevo palle di carta bellissime, quasi della grandezza di un pallone regolamentare. Pochi ne facevano di così belle: in genere le facevano medie, qualcun altro invece le faceva talmente piccole che si potevano nascondere sotto la scarpa durante i dribbling.

Nonostante la Pigna avesse messo in commercio la linea di quaderni in carta riciclata, noi, per fare le palline di carta usavamo sempre fogli di quaderni normali: eravamo ragazzi insensibili alla deforestazione, sniffavamo Coccoina e abusavamo di scolorina.

Gli altri due bidelli erano gemelli siamesi attaccati dalla schiena. Uno non aveva né le gambe, né le braccia e sembrava uno zaino. Il corpo principale si chiamava Edoardo, per uno strano caso della sorte lo avevano chiamato proprio come Edward Mordrake, un uomo, erede di una nobile famiglia vittoriana, che aveva due facce, una normale davanti e una piccola e maligna sulla nuca che lo tormentava durante la notte raccontandogli sussurrando storie diaboliche e che, alla lunga, lo portò al suicidio. Una bella storia.

Sull'Edward non bidello ci ha scritto una canzone Tom Waits: *Poor Edward*. Il bidello secondario, quello che aveva attaccato alla schiena, non aveva un nome ma noi lo chiamavamo, con quella cattiveria ingenua ma crudele di noi bambini, Cottolengo. Di nascosto, si intende.

I bidelli siamesi erano magri, scuri di pelle, con i capelli ricci e nerissimi, corti davanti e lunghi dietro. Sembravano entrambi Careca, il giocatore del Napoli. Quello che aveva le braccia portava l'unghia del mignolo lunghissima, come una donna, e ogni volta che lo vedevo se la infilava in un orecchio, la tirava fuori, controllava e diceva: «Aiss'». Poi, con una capocciata, svegliava suo fratello, che in genere dormiva sempre, e faceva vedere anche a lui il contenuto dell'unghia.

Quello diceva: «Aiss'», e si rimetteva a dormire. Altre volte invece dopo averlo svegliato gli faceva vedere l'indice e il pollice uniti a cerchio e diceva: «Eeeeeeh», dopodiché lo colpiva con un pugno sul collo e cadevano entrambi per terra.

Non si capiva se si divertivano o se erano scemi.

Quel giorno rimasi seduto con i bidelli per tutta la mattina, in castigo. Quello grosso, che si chiamava Romano, teneva un giornale di donne nude appoggiato sulle gambe sotto la scrivania, e ogni volta che girava la pagina annuiva e si schiariva la voce. Lo zaino dormiva e suo fratello mi faceva vedere una brioscina, uno yo-yo Motta per la precisione, me la porgeva, io allungavo la mano per prenderla e lui se la rinfilava in tasca dicendo o «Aiss'» o «Eeeeeeh» agitando la mano libera nell'aria.

Alla dodicesima volta mi stancai e non cercai più di prenderla. Lui ci provò altre quattro o cinque volte poi si stancò anche lui. Quando lo zaino si svegliò, volle sapere perché mai fossi lì: glielo raccontai e lui sentenziò: «Chilla è una puttane».

Conoscevo quella parola, non ne sapevo esattamente il significato ma ero certo che fosse un parolaccia. Il giorno che l'avevo imparato me lo ricordo bene: quando arrivavo a casa mia mamma mi chiedeva sempre, più per abitudine che per reale interesse: «Cosa avete fatto di bello oggi a scuola?» e io rispondevo: «L'intervallo» e lei piangeva perché iniziava a sospettare che fossi un buono a nulla e che magari da grande avrei voluto diventare bidello. Un giorno, anziché rispondere «L'intervallo» in semplicità avevo aggiunto: «L'intervallo, puttana». Mia mamma era scoppiata in lacrime come al solito ma, mentre piangeva, mi picchiava con un cucchiaio di legno; anche mio padre me le diede con una ventiquattrore e, mentre incassavo i colpi, scoprivo il potere di una singola parola e quello che poteva scatenare: un insieme di lettere una in fila all'altra erano capaci di trasformarsi in una serie di sberle.

Altro che il dettato! Quelle parole erano armi!

Era incredibile come una singola, innocua parola potesse far arrabbiare una persona. Emettevi un suono con l'aria e scatenavi l'inferno. Non aveva senso ma cominciai anch'io a ragionare in quel modo per adattarmi al mondo esterno.

Nonostante continuassi a ignorarne il significato sapevo che quando un altro bambino mi diceva: «Figlio di troia» io dovevo rispondergli: «Figlio di puttana». Con alcuni bambini esperti non c'era gara: io stavo ancora imparando di a da in con su per tra fra mentre loro sapevano mettere in fila una serie di sette, otto insulti intervallati da bestemmie, e quindi finiva che me ne andavo con la coda fra le gambe ma mi serviva da lezione. La volta successiva avrei saputo emettere nuovi suoni con la bocca per difendermi e attaccare.

La nostra era una scuola a tempo prolungato: le lezioni cominciavano la mattina, terminavano all'ora di pranzo e riprendevano nel pomeriggio. Durante la pausa pranzo, anche se avevamo l'alternativa fra tornare a casa o andare in mensa, la maggior parte di noi finiva col fermarsi, perché i nostri genitori lavoravano.

Del servizio e della vendita dei blocchetti dei buoni pasto si occupavano i bidelli. Il blocchetto era composto da foglietti gialli numerati sui quali dovevamo scrivere il nostro nome e ogni foglietto era valido per un pasto. La mattina, quando arrivavamo, dovevamo andare dai bidelli e infilare il buono in un'urna di cartone: se lo dimenticavi a casa, loro se lo segnavano e il giorno dopo dovevi portargli i soldi. Non davano mai il resto.

La mensa era nel seminterrato dell'edificio: quando suonava la campanella la maestra ci faceva mettere in fila per due e ci accompagnava di sotto, prendevamo vassoio e posate (il coltello aveva la punta arrotondata per evitare omicidi e suicidi. Alcuni lo chiamavano il «cortello») e ci disponevamo davanti a un tavolo di legno sul quale erano appoggiati tre scaldavivande di metallo, uno per il primo, uno per il secondo e uno per il contorno. Non c'era scelta.

Il cibo, qualsiasi esso fosse, aveva sempre lo stesso

pessimo odore e il gusto era pure peggio. Noi agognavamo le patate fritte ma non le facevano mai. Le maestre ci obbligavano a finire quello che avevamo nel piatto spiegandoci in tono melodrammatico che eravamo fortunati a poter mangiare perché i bambini negri mangiavano una volta al mese, ma a noi non ce ne fregava nulla dei bambini negri, tirati in ballo per farci sentire in colpa anche se noi non ne avevamo mai visto uno e ci sembrava da ipocriti fingere di preoccuparsi per qualcuno che non conoscevamo nemmeno.

Ci infilavamo in bocca tutto quello che riuscivamo, trattenendo il respiro, poi andavamo in bagno con le guance gonfie come dei criceti bulimici e lo sputavamo nella turca.

Un ragazzino con un naso enorme riusciva a nascondersi il risotto nelle narici, avevamo le tasche piene di fettine dure come suole e i calzini pieni di spinaci, mentre le fette di formaggio colloso che ci venivano proposte finivano immancabilmente attaccate sotto ai tavoli dove rimanevano a marcire per settimane. L'unica cosa che ci piaceva della mensa era leggere l'etichetta dell'acqua minerale perché nella lista dei minerali contenuti, c'era scritto «stronzio», e a noi faceva sempre molto ridere.

Quando tornavamo da scuola facevamo merenda con le uova Kinder e guardavamo i cartoni animati giapponesi dove però i protagonisti avevano i nomi italiani. I migliori erano sulle reti come Odeon, Antenna 3 e

Telelombardia. Sapevamo a memoria tutti i jingle delle pubblicità e capita che, anche adesso, un po' per nostalgia si vada a guardare su YouTube cose come Urrà Saiwa, Crystal Ball, Il mago Galbusera, Alpitour e via dicendo o a sentirsi le sigle dei vecchi cartoni e magari ci scappa anche una lacrimuccia. Siamo una generazione venuta su così, male.

Proprio adesso ne ho vista una dello «Sfornatutto De Longhi»: una donna in carriera, che evidentemente si occupa in maniera moderna dell'economia domestica familiare, entra rapida nel focolare domestico con delle buste della spesa e chiede se ci sono novità. Un bambino con evidenti problemi di identità dice: «C'è un bel regalo mamma!» La donna si lamenta che il bel regalo è un altro forno e non un domestico di colore, adducendo che lei, donna rampante, un forno ce l'ha già, e dentro di sé si vede che pensa un «Porcamadonna!» «Ma non lo usi mai!» rimprovera il marito con un look alla Maurizio Nichetti, aggiungendo dettagli tecnici a caso su questo miracoloso fornetto delle meraviglie. La donna è incredula e con aria di sufficienza sostiene che, come tutti i fornetti da tavolo, questo sfornatutto sia in grado di cuocere solo toast e pizzette.

A questo punto il marito, che conosce bene i suoi polli e si aspettava questa osservazione, ghigna: «Pizzette? Come queste?» e solleva un lenzuolo rivelando un tavolo imbandito di trote. «Con il timer si spegne da solo, e poi non ti chini più!» incalza con l'aria di uno che pensa «Ti chinerai per ben altre cose cara mia». La troia in tailleur è quasi convinta ma spara l'ultimo proiettile di diffidenza: «E poi lo pulisco io!» Ma... colpo di scena: Sfornatutto De Longhi, tuttora non si sa bene come, si pulisce da solo!

Lo spot si conclude con il ragazzino problematico studente di violino che esclama: «Mmmm! Che cuoco papà!» Facendo un gesto con la mano che dovrebbe significare: «Uella! Parecchia roba!» Il ragazzino di quella pubblicità l'ho conosciuto, ora che è grande, ed è una bravissima persona che ha dei problemi.

Invece il piccolo Alessandro di *Bim Bum Bam*, che non è mai stato nominato finora, si droga.

Una volta l'anno andavamo in gita al parco delle Cornelle, vicino a Bergamo. Ci andavamo sempre a tarda primavera, verso la fine dell'anno scolastico. L'autista del pullman era lo stesso che portava a casa i ragazzini che non avevano chi potesse venirli a prendere, un uomo in qualche maniera disabile soprannominato Fantozzi per via della somiglianza con Paolo.

Non l'ho mai visto in piedi: era perennemente seduto al posto guida dello scuolabus, indossava un abito scuro troppo stretto e sembrava sempre che stesse cagando sforzandosi molto.

Il parco era una delusione: dicono che ora sia migliorato ma, all'epoca, gli animali si rintanavano all'ombra, in angoli nascosti, per il caldo, oppure si trascinavano moribondi e spelacchiati per le gabbie provocando una sensazione di tristezza che veniva voglia di piangere o pregare che venissero abbattuti al più presto per porre fine alla loro tragedia. Insomma, era una gita che non riusciva mai bene ma era sempre meglio che stare in classe.

Erano anni in cui in noi stavano maturando e assorbendo tutte le cattiverie degli esseri umani ma, in fondo, erano anni felici. Potrei raccontare altre cose sulla scuola elementare ma le terrò per me: molte, come un piccolo Raz Degan nello spot Jägermeister, sono fatti miei.

ENRICHETTO ED ENRICAZZO

Enrichetto tenta il suicidio regolarmente.

Enricazzo ha ucciso una puttana.

A tentare il suicidio o ad ammazzare le puttane in provincia non sono i soli.

Vivere in provincia può essere molto deprimente per alcuni.

Così c'è chi tenta il suicidio o chi ammazza le puttane.

Enrichetto ed Enricazzo li conosco dalle elementari.

Per differenziarli in classe li chiamavamo Enrico P. ed Enrico S.

Fuori dalla classe li chiamavamo Enrichetto ed Enricazzo.

Enrico P. è piccolino, per questo è diventato Enrichetto.

È ancor più piccolino di me che già sono rachitico.

Enrico S. invece non è né grosso né piccolo: è tozzo.

Perché sia stato soprannominato Enricazzo non lo so bene.

Enrichetto ha gli occhi che sembra che gli stiano

per schizzare fuori dalle orbite e le unghie tutte rosicchiate.

Enricazzo ha gli occhi vicini, ha iniziato a perdere i capelli a vent'anni e ha i peli sulla schiena.

Alle elementari non avevo mai pensato a Enrichetto e a Enricazzo come a un suicida o a un omicida.

Credo nemmeno loro.

Neanche alle medie.

Poi li ho persi di vista e non ho pensato spesso a loro.

Enrichetto a giocare a calcio era abbastanza bravo se stava davanti alla porta, senza fuorigioco chiaramente.

Enricazzo a giocare a calcio non me lo ricordo ma una volta che qualcuno gli aveva detto che io avevo detto che sua mamma era un trans brasiliano mi ha tirato un calcio ed era abbastanza bravo.

Enrichetto dopo le medie è andato a lavorare da Tony ed era sempre tutto sporco di olio perché stava tutto il giorno a fare tondini di ferro.

Enricazzo è andato a fare le professionali in una scuola dove si sparavano le punte del compasso nel collo con una cerbottana e ti rubavano le scarpe.

Enrichetto con i soldi che ha guadagnato da Tony si è comprato il Fifty Malaguti e quando arrivava al parchetto si sentiva sempre odore di gremo perché gli aveva messo il Polini e andava a 110.

Enricazzo come motorino aveva il Booster cromato e andava in giro solo su una ruota.

Stavano sempre sui motorini. Sia Enrichetto sia Enricazzo.

Mai visti fidanzati. Né Enrichetto né Enricazzo.

A 18 anni Enrichetto si è fatto regalare la Citroën da gara, ma dopo due giorni si è schiantato a Valmadrera, tutto fatto.

A 18 anni Enricazzo guidava la Punto di sua mamma, che non era un trans brasiliano, e il sabato sera usava l'Alfa di suo padre ma solo per parcheggiarla fuori dal bar a farla vedere.

Enrichetto ha i piercing, un sacco di piercing.

Enricazzo mette la camicia col colletto alzato.

Enrichetto, quando la macchina non è dal meccanico, la prende, va nel parcheggio dell'Auchan di notte, beve l'ammoniaca e subito dopo chiama suo papà per dirgli che si sta suicidando.

Enricazzo ha ucciso una puttana, l'ha caricata nel baule e l'ha buttata in un bosco. La polizia lo ha rintracciato perché aveva tenuto il telefonino della puttana e ce l'aveva in camera.

Enrichetto lo salvano sempre però.

Enricazzo è ancora in carcere, credo.

Forse è uscito.

IL MIO GIARDINO E I FRATELLI PELOSI

Il mio giardino sul retro è un piccolo giardino. Un giardino di cortesia. Un giardino che se devi vendere la casa e ti chiedono: «Ha anche il giardino?» rispondi: «Sì». In sostanza è una rete metallica che circonda un pino di media statura, un pero che non dà frutti, un cespuglio generico, tre metri per tre di erba curata male e un fungo bianco e rosso di ceramica, o gesso.

Se si dispone di una bussola, o di un coltellino svizzero con l'accessorio bussola, si potrà osservare che confina a sud con quello dei fratelli Pelosi, che più che un giardino è una discarica a cielo aperto: qualsiasi cianfrusaglia trovino in giro la raccolgono, la portano o la trascinano fino a casa e la buttano in giardino fino a che arrugginisce o marcisce. Quando la cosa che hanno trovato è diventata arrugginita o marcia la lasciano lì lo stesso. Biciclette senza ruote, ruote senza biciclette, lavatrici, frigoriferi, pezzi di eternit, vecchi televisori, portiere di automobili, un cartonato di Cristina Parodi, qualsiasi cosa. Sono dei redneck brianzoli.

A est, invece, è confinante con quello della signora Fracassetti, che è di tutt'altro stampo, la signora Fracassetti.

I fratelli Pelosi si chiamano così di cognome ma potrebbero chiamarsi così anche di soprannome, perché sono pelosi come due orsi marsicani, hanno delle barbe da mangiafuoco e l'aria di persone appena uscite da un cassonetto. Hanno sui cinquantadue anni e vivono lì con la madre, che ne avrà più di ottantuno. La madre la tengono dentro un gabbiotto di metallo in giardino, che cade a pezzi pure quello. È tipo una di quelle casette da campeggio o da cantiere, ma marcia e mezza arrugginita: sembra uno di quei box da terremotati dell'Irpinia, facile che sia arrivato proprio da lì. Penso che l'abbiano traslocata lì dentro per avere intimità; effettivamente, nel caso capitasse di portare una donna in casa, vivere a fianco alla propria madre è diverso dal viverci insieme.

Se lo dici alla donna che stai portando a casa fai ben tutt'altra figura. Almeno finché non vede il casotto per terremotati contenente tua madre, il giardino e… ma tanto, che io sappia, la questione non si pone dato che i Pelosi a casa di donne non ne hanno portate se non a pagamento. E le capinere non credo badino a queste cose. Certo magari si faranno delle domande. Magari penseranno di essere finite a casa di persone un po' strambe ma… che mi importa di cosa pensano o di chi si portano a casa? Sto divagando.

I due fratelli, dei barboni dotati di un tetto, negli anni hanno accumulato talmente tante cianfrusaglie che nel giardino ci si può muovere solo attraverso un sentierino che passa in mezzo a tutti quei rottami, arrivando così fino alla rete che divide il loro giardino dal mio.

Ogni volta che mi affaccio sul retro vedo il piano superiore della casa, perché il resto è copertc da quell'immondezzaio e, alla fine del sentierino, proprio al confine con la mia proprietà, la madre, che se ne sta tutto il giorno aggrappata alla rete con quelle mani di ossa e quelle unghie che sembrano artigli gialli come la polenta: se ne sta lì tutto il giorno a guardare verso il mio giardino con occhi da campo di concentramento, da canile.

Per via di quella presenza non riuscivo mai a sfruttare il mio giardino, che era sì piccolo ma era pur sempre uno spazio all'aperto dove avrei potuto passare del tempo.

Stando in casa, specialmente in posizione orizzontale, è più facile sprofondare nei pensieri, nella malinconia e rimanerci impastoiati: fissare il soffitto porta all'abisso, perciò, un giorno in cui in casa stavo rischiando di delirare e fuori splendeva il sole, sono andato al Brico e ho comprato una sedia sdraio a righe, un ombrellone fantasia e una di quelle siepi finte con le foglie di plastica da applicare alla rete, per evitare di sopportare la pesantezza di quegli occhi sempre umidi che mi fissavano attraverso quel confine stabilito al catasto.

Arrivato a casa, ho posizionato per benino la sdraio e l'ombrellone e ho iniziato a legare la siepe alla rete con delle fascette: la signora Pelosi era lì, aggrappata come un ragno alla sua ragnatela, una vedova nera e triste. Mentre oscuravo la sua figura con la siepe finta, i nostri occhi si sono incrociati e un brivido mi è salito lungo la schiena mentre dalla mia bocca uscivano le parole: «Buongiorno signora».

Mi è sembrato di sentirla bisbigliare un: «Diocaro».

L'idea era quella di mettersi seduti e stare lì a bere e, quantomeno provare, a dedicarmi al non pensiero, al non essere, al puro inganno del tempo e della vita. Ma mi ero appena seduto quando vidi le mani della vecchia spuntare dalla siepe, strette intorno alla rete. Quella maledetta vecchia continuava a starsene lì, nonostante tutto.

Così ho deciso che, per quel giorno, sarei andato a fare una passeggiata.

L'importante era non stare in casa e, nonostante la vecchia fosse ancora lì, il bel tempo e lo sforzo fisico fatto per essermi ricavato un angolino tutto mio mi avevano tenuto impegnato il corpo e liberato la mente. Fare due passi, di sicuro, avrebbe giovato ancor di più al mio umore.

Dopo essermi fermato a mangiare un gelato sono

andato al parco, mi sono seduto a riposare su una panchina e mi son messo a leggere un buon libro che mi ero portato.

Dopo qualche minuto un signore anziano, sovrappeso e con un cane, si è seduto di fianco a me.

Faceva molto caldo.

Il tizio si è voltato nella mia direzione e, buttando la testa leggermente all'indietro, ha sospirato: «Eeeeeehhhh...»

Dopo un po' ha raccolto un bastone da terra e lo ha lanciato.

Il cane non è andato a riprenderlo.

Allora si è alzato ed è andato a riprenderlo lui.

Poi è tornato a sedersi, si è voltato verso di me e ha ripetuto quella cosa: «Eeeeeehhhh...»

Dopo qualche secondo ha rilanciato il bastone.

Il cane non si è mosso.

Il tizio è andato a riprendere il bastone, è tornato e ha fatto: «Eeeeeehhhh...»

E così altre due volte.

Alla quinta volta, sarà stato il caldo, non ci ho visto più: non appena ha lanciato il bastone mi sono alzato di scatto, l'ho raggiunto e l'ho spezzato in due. Mi sono girato verso la panchina per godermi la sua espressione e ho visto quel tale che, compostamente, impercettibilmente, con entrambe le mani appoggiate sulle ginocchia, scivolava con il culo verso il lato della panchina dove ero seduto io: l'unico all'ombra.

Poi, come se nulla fosse, battendo la mano destra sul legno, ha fatto segno al cane di salire sulla panchina.

Il buonumore mi è passato in un istante, ho pestato i piedi a terra e imprecato verso il cielo.

Quando non ero io stesso a farlo, il destino doveva in qualche modo ostacolare la mia tranquillità.

Ho preso la rincorsa in direzione di un grosso albero con l'intenzione di lanciarmi di testa contro il tronco, per stordirmi e perdere i sensi ma, mentre correvo, l'immagine di me svenuto e accartocciato a terra come un verme, con il signore anziano e sovrappeso col cane che mi guardava dalla panchina, si è insinuata nella mia mente facendomi vergognare e provare pena per me stesso: quindi ho desistito.

A pochi passi dall'impatto con l'albero ho rallentato e mi sono avviato in direzione di casa, dove mi sarei messo a dormire. E così ho fatto.

Il giorno seguente avevo dimenticato tutto e mi ero alzato stranamente di buonumore. Subito dopo pranzo, siccome c'era ancora il sole ho preso una confezione di birre Pils da 33, una borsa termica con il ghiaccio, il buon libro che non ero riuscito a leggere al parco e sono andato a sedermi sulla sdraio in giardino: la temperatura esterna era ideale, non si sentiva un rumore e i capitoli scorrevano intensi e con una prosa invidiabile, merito anche di un buon traduttore. Alzo lo sguardo dal buon libro, quasi in estasi, per riflettere su un pensiero che l'autore e il traduttore erano riusciti a esprimere in una maniera così semplice e allo stesso tempo così... le mani!

Provo a riprendere la lettura ma non riesco più a concentrarmi: il mio pensiero è fisso su quelle mani che spuntano dalla siepe, e non riesco a fare a meno di lanciargli continue occhiate. Appoggio il libro a terra cercando di memorizzare il numero della pagina cui sono arrivato e mi accendo una sigaretta. La sigaretta finisce e le mani sono lì. Si sente un cane abbaiare, un uomo grida: «Basta, cazzo!» e poi silenzio, e le mani: lì. Perché deve stare lì? Perché deve annichilirmi in questo modo? Cosa vuole da me? mi domando spaesato.

Come ho sentito dire in giro, provo a fare dei bei respiri cercando di pensare ad altro, volto la sdraio dalla parte opposta in modo che, anche volendo, quelle mani non mi si manifestino davanti agli occhi, stappo una birra e mi rimetto a leggere, ma ci riesco solo per poche righe. Nonostante non le vedessi, l'idea che quelle mani fossero lì, dietro la mia schiena, con attaccati quei polsi che proseguivano in quelle braccia sottili con ossa di uccello, che andavano poi a incastonarsi in quel tronco rugoso, in quelle rovine di essere umano scavate dal tempo, in quell'inesorabile decadimento che veniva ostentato alle mie spalle, mi terrorizzava e non riuscivo a pensare ad altro. Mi sembrava di sentirla scuotere la rete, far vibrare le foglie, perforarmi la testa con quegli occhi. Mi sembrava di sentire il suo respiro ammuffito sul collo.

A passo svelto rientro in casa, prendo un vecchio lenzuolo, torno in giardino e lo appoggio sulla rete proprio dove stanno le mani. Ma è un inutile artificio: io so che è lì dietro, stampata nella mia mente, inarrestabile e impassibile nella sua colpevole innocenza.

Tutto ciò ha un significato? Cosa ha un significato, mi chiedo, mentre gli occhi mi si inumidiscono e i nervi mi si vibrano come corde di un'arpa suonata da un incapace. Cosa vuole da me? Perché mi tormenta? «Mi lasci in pace!» sbraito con il pugno alzato verso il lenzuolo senza ottenere risposta.

Il giorno seguente vennero a portarla via: la vecchia era morta attaccata a quella rete. Le sue mani non volevano mollare la presa e dovettero rompergli le ossa delle dita per staccarla. Io non riuscii più ad andare in giardino, perché nonostante lei non fosse più lì fisicamente la sua immagine attaccata a quella rete mi perseguitava e non riuscivo a pensare ad altro.

La signora Fracassetti era di tutt'altro stampo, ma non parlerò di lei perché è una di quelle che non c'è niente da dire, la signora Fracassetti.

E i fratelli Pelosi?

Rispondo volentieri.

I fratelli Pelosi non si sa come abbiano reagito alla morte della madre: non si sono visti in giro per un po' fin quando è venuto fuori che uno di loro aveva vinto al totocalcio non so bene quanti miliardi e li aveva spesi tutti per comprarsi delle macchine tipo Ferrari Testarossa, Porsche, Bmw e un garage dove tenerle, continuando ad andare in giro in bici perché non aveva la patente finché una mattina è stato trovato morto da un pescatore in un fosso, su un lato del cavalcavia che va a Lomagna, quello dove ci sono le puttane. Si suppone che ci fosse andato in bicicletta per farsi una scopatina e che, al ritorno, sia stato investito da un pirata della strada tuttora ignoto.

Dopo la sua morte si è scoperto che quell'uomo che girava per il paese gridando, in mutande lise e sgommate, moon boot e pelliccia di castorino era, oltre che un famigerato puttaniere, un esperto di astrofisica e un campione di scacchi, sport per cui andava a fare degli importanti tornei in Russia.

Il fratello superstite, invece, è privo di talento e non se ne rende conto; ha ereditato tutta la baracca e le automobili che ha prontamente rivenduto quando ormai non valevano più nulla e tira a campare con quei soldi. Siccome ha una vena artistica dipinge quadri in stile punkabbestia, attaccando foglie, tappi e pacchetti di sigarette vuoti su assi di legno dove precedentemente ha schizzato macchie di vernice a caso. Lo so perché li espone fiero in strada: sono imbarazzanti ma l'importante è che ne sia contento lui. Deduco che debba avere degli scazzi con un altro mezzo pazzo del paese perché quest'ultimo gli lascia delle bottiglie avvelenate davanti a casa e gli scrive cose del tipo: «Muori verme schifoso» sulla porta o sulle finestre.

Quest'altra cosa la so perché sono venuti i carabinieri a farmi delle domande.

Concludo così: a volerla romanzare io immagino che il pirata della strada che ha investito il primo fratello sia lo stesso delle scritte verme schifoso e delle bottiglie avvelenate.

Se fosse veramente così ci si potrebbe fare una puntata di *Blu notte* o del programma di Franca Leosini.

Alle due di pomeriggio, piazza Cesare Ragazzi era vuota, muta, se vogliamo non considerare i radi passanti, perlopiù calvi, che la attraversavano entrando da uno dei raggi di quell'asterisco di porfido per uscirne velocemente da un altro o dallo stesso se si erano dimenticati qualcosa (ad esempio il salva-alito Giuliani) a casa.

E sempre se non vogliamo considerare Enrico Noscibile, il giornalaio, chiuso, barzotto, nel suo chiosco a sfogliare una rivista di annunci di signorone e signorine sole, nascosta all'interno de «La Provincia».

Curiosità: «La Provincia» era tenuta correttamente e non alla rovescia, come l'avrebbe tenuta Roberto Ciufoli della Premiata Ditta in una delle sue esilaranti gag, e questo perché Enrico Noscibile la sapeva lunga. Più di Roberto Ciufoli sicuramente. Ne siamo certi? No.

Tornando a noi, se proprio vogliamo dirla tutta, in piazza c'era anche Gianlupo, un pastore tedesco da riporto, che, caso vuole, in quel momento, si stava sforzando, con quegli occhi tristi e colpevoli che hanno i cani durante queste pratiche, di liberare un presentino, dei memorabilia dallo sfintere; regalino che aveva non poche difficoltà a manifestarsi per via del notevole grado di durezza causato dall'ingestione di moderne crocchette create, appunto, per rendere l'escremento più semplice & piacevole da cogliere durante l'atto dell'inginocchiamento + presa eseguita dal padrone per mezzo di un apposito sacchettino biodegradabile da tenere sempre in tasca o legato alla guinza durante le passeggiate con il proprio fedele amico carico di regalini farciti di sterco come un beffardo babbo natale a quattro zampe.

La signora Enza Demé fece il suo ingresso in scena. Si guardò attorno con aria sbigottita, come se la piazza che vedeva da cinquantatré anni si fosse improvvisamente trasformata nei nerogiardini dell'Eden, e, con un sorriso tra il folle e la retromarcia, un sorriso che sembrava disegnato per mezzo di una forchetta di plastica su un sofficino ancora surgelato, si andò a sedere sulla panchina al centro dello slargo: la sua panchina, la loro panchina.

Posò le mani sulle ginocchia, quelle mani che negli anni avevano rimestato litri e litri di polenta in paioli di rame e che, dopo averli trasformati in chilogrammi per mezzo dell'alchimia, li aveva stesi su taglieri di legno, ricoperti con cura con un panno leggermente umido e lasciati riposare.

Fissò per qualche istante un punto imprecisato vicino ai suoi zoccoli dai cui bordi sporgevano grotteschi i mignoli.

Sa, ho il piede largo, non riesco a trovare le scarpe della mia misura.

Fissò per qualche istante ancora quel punto, provando a non pensare al problema dei mignoli ma fissandolo come per cercare in quel preciso punto l'ispirazione e, poi, con un deciso movimento del capo che le fece ondeggiare quel castano caschetto da Fantaghirò, si voltò verso destra, in direzione di lui.

Gli occhi si fecero lucidi come occhi lucidi e le labbra si incresparono verso il basso a rappresentare la smorfia con cui generalmente si tende a rappresentare il dolore.

«Mi hanno detto che ieri eri alla fiera di Osnago.»

«Non negare, non eri a casa.»

«Ti hanno visto lì.»

«Si dice il peccato e non il peccatore.»

«Più di una persona, comunque.»

«E… e non eri solo.»

Le mani le tremavano e stringevano il grembiale. La bocca le tremava. Il mento tremava anch'esso ed era un tutt'uno con il collo come un grasso lombrico pettinato come un paggio.

Gli occhi: due fessure umide e tremolanti.

«Dimmi chi è quella sgualdrina. Ora!»

«E cosa ci trovi in lei? Eh!»

«Cosa ci trovi che non trovi in me?»

«Forse non lo trovi perché non hai cercato bene.»

«Parla!»

«Forse perché è più giovine di me? Eh?»

«Forse sono i suoi capelli platino e la sua pelle mattone?»

«Posso farmeli anche io sai.»

«Se è questo che ti eccita. A voi uomini.»

«E guardami negli occhi!»

«Guarda la sofferenza che mi provochi.»

«Guarda quante ne devo passare.»

«Guarda le mie lagrime sul viso.»

«No! È inutile che mi prendi la mano.»

«Stavolta non ci ricasco.»

«Quanta pazienza devo avere?»

La signora Enza si voltò verso sinistra con l'aria di una che vuole tenere il muso ancora per un po' ma che, anche questa volta, sarà disposta a perdonare se lui sarà abile nel premere i tasti giusti di quella pianola Bontempi che è il suo cuoricino.

Scosse la testa, diverse volte, con disappunto, ruotandola talvolta nella direzione di lui, sbattendo le palpebre, tirando su col naso e asciugandosi le lagrime.

Il viso andava pian piano rasserenandosi come il cielo dopo un temporale estivo visto da un parabrezza sporco dell'auto di una famiglia che è dovuta andare due volte al Mercatone dell'Arredamento di Fizzonasco a cambiare un letto che non andava bene.

Probabilmente l'effetto delle parole dolci di lui, che stava suonando la canzone giusta, sciogliendola come una massaia che ascolta un vecchio album di Julio Iglesias mangiando della Calvé con il dito direttamente dal vasetto.

Gianlupo, espletato l'espletabile, tutto sudato e con una striscia di carta igienica Foxy attaccata sotto a una zampa, uscì da un cespuglio e si avviò in direzione di una pista che aveva fiutato e che nel suo archivio mentale corrispondeva all'immagine di: figa in calore.

Si fermò un attimo vicino alla signora Enza e si grattò ripetutamente la pancia con una zampa. Questo gli provocò un piccolo brivido di piacere e un'espressione ridicola.

Poi, già che era seduto, si leccò per bene il sottocoda, per non dire: il buco del culo, e sternutì due volte.

Si guardò in giro, come a controllare che nessuno lo avesse visto durante quella laida pratica, quindi si ricompose e si rimise al trotto in direzione della potenziale razzata.

Prima di scomparire dal nostro campo visivo si fermò nei pressi di un paracarro all'angolo di via Vai, alzò la zampa posteriore sinistra ed eseguì un versamento.

Poi non ci è dato saperne più nulla ma, noi tutti, speriamo che abbia chiavato. Perché? Perché chiavare ci entusiasma anche al solo parlarne.

Enza, ormai rincuorata, si alzò trasformando, grazie a questa portentosa macchina che è il corpo umano, la posizione seduta in posizione eretta; tirò un sospirone e si avviò verso casa.

Fece pochi passi e si voltò verso la panchina.

Le parole «il suo viso» potrebbero essere accompagnate dalle altre «era raggiante di felicità» e si potrebbe addirittura incorniciare un quadretto con tutte queste belle parole ricamate a punto croce e appenderlo in tinello ma ci limiteremo a iscriverle qui: il suo viso era raggiante di felicità.

«Non fare tardi per cena amore mio», disse civetta, e uscì saltellando, come una bambina goffa che si è cagata addosso, dalla piazza che rimase vuota come la panchina. Vuota a eccezione di Enrico Noscibile, il giornalaio, che nel frattempo aveva sottolineato un paio di numeri di telefono con cui, sperava la sera stessa, avrebbe potuto svuotarsi lo scroto.

Altrimenti sarebbe andato a mani nude, come al solito.

IL MIO VICINO ERNESTO TURATI

Burraco, il cane del vicino, un rottweiler albino stupido e arrapato, mi monta arpionato alla mia gamba destra con le zampe anteriori alternando una serie di rapidi colpetti a lenti e profondi affondi di reni seguiti da mugolii di piacere. Scodinzola e cerca il mio sguardo per trovare un'intesa che non ci sarà mai.

Lo colpisco con un pugno sul muso ma non sembra accusare il colpo, anzi, stringe la presa e continua a spingere come se fosse caricato a molla.

È un animale con evidenti problemi, come gran parte degli animali che si adattano a vivere con gli uomini; inoltre è molto più forte di me.

La sua convinzione lo rende ancora più forte.

Ogni volta che mi incontra cerca di farmi suo.

Cerca di scopare qualsiasi cosa capiti nel suo raggio visivo, e se la cosa (un passante, un gatto, un pallone) si ribella alle sue *avances* si offende e mostra i denti. Poi la scopa e se ne va vantandosi.

«Vuole giocare», interviene una voce. «Fa così perché vuole giocare.»

Riconosco la voce e la individuo in una delle finestre della casa di fronte. È quella di Ernesto Turati, un pensionato di media statura, uno dei miei vicini di casa. Il padrone di Burraco, il cane.

«Non mi piacciono gran che i giochi, questo in particolare», rispondo, ma non c'è più nessuno alla finestra.

Cerco di scansare la bestia infilandogli due dita nelle narici ma quella mi afferra il polso tra le fauci ringhiando.

L'unico modo di liberarsene è aspettare che finisca in fretta sperando di averlo sufficientemente eccitato.

Mi accendo una sigaretta nell'attesa.

Un passante si accovaccia di fronte a me e accarezza per qualche istante la testa del cane. Poi mi guarda con aria da intenditore e dice: «Gran bell'animale».

Si rialza e se ne va.

Arriva Ernesto Turati e si ferma a pochi centimetri da me: le punte delle sue scarpe sfiorano le mie, riesco a sentire il suo fiato di kebab completo. Il mio spazio vitale, il mio metro d'aria, si fonde con il suo in un monolocale di anidride carbonica, posacenere e salsa allo yogurt.

Ernesto Turati come ho già detto è uno dei miei vicini di casa, ex ragioniere.

Non si è mai sposato. Ci è andato vicino ma ha fallito.

Anni fa faceva dei viaggi organizzati nei Caraibi: Cuba o Santo Domingo, non ricordo. Quando lo incontravi per la strada ti raccontava le scopate facendo il gesto di schiacciare con la mano.

«Altro che le donne italiane», diceva mimando una lambada. «Lì sono calde come il demonio», continuava.

Poi se ne andava tronfio con il petto in fuori, il marsupio, i sandali e la bandana con la bandiera di Cuba messa tipo pirata.

Una volta è tornato e ha detto che aveva trovato moglie facendo il gesto di apprezzamento in cui si rotea la mano e si increspa la bocca verso il basso. Dopo qualche mese è arrivata una ragazza, scura di carnagione, che avrà avuto 23 anni.

«A maggio ci sposiamo», diceva.

La teneva chiusa in casa e la portava fuori la domenica al bar per farla vedere un po' in giro.

Lei non sapeva una parola di italiano e lui ne sapeva sette in spagnolo di cui tre significavano scopare e due erano sinonimi di genitali.

Lei sembrava sempre imbarazzata e triste.

Lui faceva gli occhiolini mentre le toccava il sedere.

Poi non si è più vista.

Si dice che sia scappata con un rappresentante di prodotti per parrucchiere, certo Barenghi, un poveraccio che ostentava sicurezza e ambizione e prenotava crociere ma che a 45 anni suonati andava in giro a rappresentare con la macchina della madre dicendo che la sua l'aveva lasciata a casa.

Si dice che dal Barenghi sia scappata con uno di Monza, tale Cangiano, che aveva una ditta di distributori automatici e conoscenze nelle televendite.

Si dice che quelle del tizio erano false promesse e che poi sia tornata a Cuba.

In paese la chiamavano la cubana e i ragazzi avevano fatto anche un coro: e le cubane... e poi continuava come il coro che fa: e le bresciane...

Ernesto Turati ha smesso di uscire di casa, è andato in pensione e si è preso un cane. Non è più andato ai Caraibi ed è diventato misogino.

«Tutte troie», sentenzia.

Se lo vedi in giro sembra che gli anni per lui sian passati cinque per volta. Cammina a braccia larghe stringendo i pugni, ogni mese ritira la pensione, si camicia, si acquavelva, appende la giacca sul reggimano posteriore della macchina e va in Svizzera a gallare.

Quando lo incontro mi racconta le scopate con le puttane in Svizzera e fa il gesto di schiacciare ma ci mette meno convinzione di un tempo.

È un gesto velato da malinconia.

«La prossima volta vieni con me a ficcare», mi dice.

Le restanti giornate le passa alla finestra o a portare fuori il cane.

Si è appassionato di cani e si è abbonato a due riviste mensili «Quattro Zampe» e «Argos».

I miei mi avevano lasciato da curare il loro cane per qualche giorno, una specie di pastore tedesco obeso e con le gambe corte che mi seguiva per la casa come un'ombra e mi si accovacciava sui piedi.

Sentivo l'odore grasso del suo pelo sporco nelle narici e quando volevo muovermi dovevo spostare i piedi con delicatezza per evitare che mi ringhiasse. A ogni rumore che sentiva si alzava di scatto e iniziava ad abbaiare, trotterellando per la stanza e controllando che non mi muovessi con la coda dell'occhio, poi ritornava a sdraiarsi su un fianco sopra i miei piedi.

Non appena prendevo il guinzaglio cominciava a saltare e a latrare ma, con quelle gambette, sproporzionate per il suo corpo, a ogni salto rovinava a terra come un sacco di patate marce.

Dal rumore sembrava che si fosse spezzato la spina dorsale ma lui si rialzava come se niente fosse e ricominciava a saltare e a cadere di schiena: tutto contento.

Una volta in strada facevamo una decina di metri, tre schizzi di piscia e voleva ritornare indietro. Si impuntava sulle zampe posteriori e non c'era verso di farlo proseguire.

Non appena eravamo davanti alla porta di casa, mi guardava con degli occhioni neri, colpevoli e tristi e iniziava a spingere fuori il pranzo da quel sottocoda tutto escoriato dai continui trascinamenti sull'asfalto.

Cagava davanti all'ingresso e mi guardava con quella faccia da foca.

Avevo passato quelle giornate seduto, quasi immobile, con il cane sopra i piedi, in attesa di raccogliere la sua merda.

Un giorno in cui lo avevo portato fuori, Ernesto Turati, che era alla finestra, era sceso in strada per vederlo da vicino.

Se l'era guardato per bene e poi aveva scosso la testa.

«Ha i coglioni piccoli», aveva affermato.

Lo avevo fissato stupito.

«Come ha i coglioni piccoli?»

«Sì, ha i coglioni piccoli per quella taglia.»

«E allora?»

«A me piacciono i cani con i coglioni grossi, due bei coglioni così», aveva detto facendo il gesto di impugnare due grosse patate con le mani. E se ne era tornato in casa.

Io gli avevo guardato i coglioni e mi erano sembrati normali ma non è che me ne intendessi molto di coglioni di cani.

Da quel giorno, nonostante mi vergognassi di farlo, mi capitava che, quando incrociavo un cane, sporgessi un po' la testa per far caso alla misura dei coglioni. E sì, effettivamente quelli del cane dei miei genitori, Tato si chiamava, erano piccoli.

Un'altra volta che ero fuori a cena con una ragazza

e non sapevo cosa dire avevo tirato fuori l'argomento. Lei aveva tossito come per dire, non è il caso, e allora, siccome non sapevo a cosa aggrapparmi, avevo tirato fuori l'argomento della pesca alla trota in America.

Lei aveva tossito di nuovo e io, che non sapevo proprio più cosa fare, le avevo fatto il gioco in cui giungi le mani a conchetta, con il medio della mano destra piegato all'interno, e chiedi: l'uccellino è vivo o morto?

Se lei dice è morto tu dici: è vivo! E apri le mani a mo' di nido mostrandole il medio scodinzolante e viceversa, se lei dice che è vivo, le fai vedere il dito mogio mogio perché è morto.

Il gioco non l'aveva entusiasmata e allora eravamo stati zitti per un po'.

Poi, me lo ricordo ancora, aveva detto: «Il conto per piacere».

Curiosità. I miei, quando gli ho fatto notare la cosa dei coglioni, hanno portato Tato dal veterinario a farlo castrare. «Così siam più tranquilli», han detto.

Ernesto Turati è lì, a pochi centimetri di fronte a me.

«Pensavo che non eri in casa», mi dice. «Prima ho provato a suonare», continua.

«Stavo dormendo», rispondo.

Annuisce a bocca aperta facendomi capire che il

fatto di dormire a quell'ora del giorno lo sorprende non poco.

«Dovevi dirmi qualcosa?», chiedo.

«Sì», asserisce.

«Dimmi.»

Rimango in attesa che continui ma lui resta zitto scuotendo il capo il segno di dissenso, guardandosi i piedi e spostando il peso del corpo da una gamba all'altra.

Alza lo sguardo incrociandolo con il mio e poi lo riabbassa, sempre scuotendo il capo.

Per qualche attimo si sente solo il fruscio dei genitali arrossati di Burraco che sfregano contro il tessuto dei miei pantaloni eleganti.

Il suo ansimare scomposto da segaiolo in un peep-show.

«Be'? Cosa dovevi dirmi?» chiedo arrendendomi per primo.

«Ti interessa del Viagra cinese?» confessa appoggiando di colpo, con uno schiocco, la mano sinistra sull'avambraccio destro e tendendo la mano dello stesso verso l'alto.

«Ti ringrazio Ernesto Turati, magari un'altra volta.»

«Cortesia», conclude allontanandosi all'indietro come fluttuando su un nastro trasportatore.

Ho la gamba ancora immobilizzata da Burraco che ha gli occhi ribaltati e sta orgasmando con un'espressione terribilmente umana, un'espressione che deve essere terribilmente simile a quella del suo padrone in un resort a L'Avana. Sto per spegnergli la sigaretta sul naso quando passa una signora di una certa età con due buste della spesa e un foulard in testa.

Il cane molla la mia gamba e la stende pecoroni.

«Fa così perché vuole giocare», dice Ernesto Turati appoggiato con i gomiti al davanzale della finestra.

«Sente l'odore del mio», dice la signora.

SEMPLICEMENTE DONNE

Brevi racconti che si fanno a proposito di esse nei bar, piadinerie e paninoteche, al telefono, tra sé e sé e altro, nei pressi di Osnago e limitrofi

Joseph Joubert prenderebbe in moglie la donna che sceglierebbe per amico (se fosse un uomo); Charles Baudelaire ama le donne in proporzione a quanto gli sono più estranee, perché amare le donne intelligenti è un piacere da pederasti; Gabriele D'Annunzio preferisce fare quella cosa lì delle costole così non ci si pensa più e via.

Tutte le cose che ti farei

Qualche giorno fa stavo trasportando una grossa pietra fino a casa e ho incontrato una ragazza con un bel petto che mi ha indicato e mi ha chiesto: «Cosa fai?»

Io mi sono indicato e le ho chiesto: «Io?»

Lei mi ha detto: «Sì».

Allora le ho detto che stavo trasportando una grossa pietra fino a casa.

E lei: «E trasporti sempre grosse pietre fino a casa?»

Io le ho detto che no, che altre volte le vedevo ma le lasciavo lì.

Lei mi ha detto: «Ah».

Io le ho detto: «Eh».

Poi se ne è andata.

Da quel giorno la penso e faccio quella strada perché vorrei invitarla fuori a pranzo e, se per caso, mangiando, le rimanesse del prezzemolo fra i denti me ne metterei subito anche io un gambo intero fra i denti per non farla sentire in imbarazzo, tutto un sedano mi metterei fra i denti. Sissignore. E se rovesciasse distrattamente, per sbaglio, del vino sulla tovaglia io ci verserei tutta la brocca sulla tovaglia per non farla sentire a disagio. Questo farei. Se invece non succedesse nulla di tutto ciò non saprei cosa fare.

Cosa ti fa fare l'amore

Ieri ho conosciuto una ragazza molto attraente di petto che mi fa: «Cosa fai nella vita?» Io, per non dirle che sono disoccupato e dormo tutto il giorno aspettando che venga buio per andare a dormire, le ho detto che avevo da poco rilevato un esercizio moda uomo e bambino, in centro a Mongodio, in cui volevo aprire anche un reparto calzoleria. Ecco, siccome non è vero, ora sono nei guai. Quindi: se qualcuno avesse un negozio in centro a Mongodio, io lo rileverei.

Vai tu a capire le donne

Ieri mi stavo calzando una quando lei mi fa: «Arrivo!»

«Cioè?»

«Sto arrivando!»

«Che cazzo stai dicendo, bitch!?»

«Uff! Arrivo nel senso che vengo! Adoro dire "arrivo" perché "vengo" è troppo scontato, da shampista.»

«Ah, ok. Sei arrivata?»

«No.»

«Tra quanto hai intenzione di arrivare?»

Alla fine, tutto questo attendere mi ha fatto perdere l'erezione e non è arrivato nessuno. Lei si è coperta con il lenzuolo e si è girata dall'altra parte e ha dichiarato: «Secondo me sei frocio».

Alla fin fine ci stanno tutte

A 15 anni ero innamorato di una ragazza e non sapevo come fare a dichiararmi (ero timido). Lei non sapeva nemmeno che io esistessi, io mi sentivo piccolo piccolo e pregavo perché lei mi notasse. Chiedevo a mio nonno qualche consiglio su cosa poterle dire per conquistarla, poi andavo sotto casa di lei, in motorino, e aspettavo.

Quando usciva le dicevo: «Ué ti, vien scia che t'aduperi».

Ma avevo su il casco integrale e lei era già ormai a cento metri e io restavo lì, ignorato, timido, con i consigli di mio nonno che si schiantavano sulla visiera del casco, appannandola. Allora le scrissi una lettera, la lettera D di Domodossola.

Non mi ha mai risposto.

La rivedo al Conad l'altro giorno: donna matura, cosce mature, petto abbondante, in età fertile. Ora che, grazie alla dipendenza dal bicchiere, non son più così timido, la avvicino e...

Dico solo che, dispiace, ma ho dovuto usare le maniere forti.

Cosa ti dice la Sandra

C'è questa ragazza, Sandra, ma io la chiamo Sandrona perché è bella pasciuta, che ho conosciuto qualche settimana fa a uno speed date organizzato da una paninoteca di Vimercate. Io avevo preso un panino con le uova, lei invece quello con il tonno pinna gialla e le olive. Non ci siamo detti molto se non un: «Buono, mmm», «Vuoi assaggiare il mio?» e «Aaah, Mmm», ma inevitabilmente abbiamo fatto l'amore con gli occhi.

Poi siccome il tempo era scaduto ci siamo salutati e scambiati i numeri con la bocca piena. Il giorno seguente abbiamo avviato una corrispondenza su WhatsApp: io le ho scritto dei doppi sensi + faccine che fanno l'occhiolino e cuori (rossi perché se li fai blu o gialli valgono meno). Quando è venuto il suo turno di scrivere, lo schermo mi si è bloccato su un «SANDRONA sta scrivendo...» per cinque minuti e mentre aspettavo ho pensato (con un musetto sognatore): chissà cosa ti scriverà mai la Sandrona?

Dopo sette minuti ho letto: «Ok».

Allora le ho scritto: «Ma Sandrona ci hai messo sette minuti a scrivere ok? + una faccina un po' sorpresona».

«SANDRONA sta scrivendo...»

Dopo sette minuti: «Sì».

Allora ho lasciato perdere e l'ho segnata sul mio quaderno alla voce SCOPATA SOLO CON GLI OCCHI.

Messico e nuvole

Ho conosciuto una ragazza messicana in chat. Non appena le ho detto: «Hola!» e che una volta sono stato a mangiare al messicano di Valmadrera è nato l'amore e mi ha mandato una foto dei seni. Io gliene ho mandata una di me in boxer con dentro un calzino di spugna per sembrare più esplosivo.

E ora, eccomi qui, in questa domenica dicembrina, sdraiato sul letto, con una forte epistassi, che la penso. Qui, solo: mentre il mondo è alla fiera dell'artigianato di Rho Fiera a cercare pensierini, io cerco su Google immagini di fiori, di innamorati che si baciano a colori e in bianco e nero, di mani che simulano cuori, sguardi turchini e panchine vuote davanti all'oceano.

Il mio obiettivo è creare un video musicale da mandarle, un video in cui tutte queste immagini scorreranno con effetto dissolvenza e io canterò su una base

MIDI *Non abbiam bisogno di parole* di Ron in versione spagnola, *No tenemos necesidad de palabras*.

Quando lo riceverà e lo ascolterà sarà mia 4ever.

Lo so.

Postare convivendo

Corro, da solo, al buio, nella notte, nel bosco, con delle calzature inadatte, essendo delle infradedo del Brasile Ipanema, e dei pantaloni inadatti anch'essi, essendo dei pantaloncini tipici altoatesini, di pelle, grigi, mentre le lacrime mi sgorgano dagli occhi come fossero lacrime ma più grosse, delle lacrimotte, e vanno a infrangersi sul sentiero che è la metafora del mio passato, ascoltando nelle cuffie *Amici come prima* di Paola e Chiara. Decido che non devo tenere tutto questo per me e mi prendo la briga di tirare fuori il Samsung Galaxy S2 bianco dall'unica tasca dei pantaloncini, posta sul davanti, sotto un motivo floreale ricamato a mano in Alto Adige da una signora anziana che parla male l'italiano ed è ghiotta di apfelstrudel, e di cerviatto con la salsa di mertilli. Penso di condividere questo mio pensiero e questo mio correre piangendo a causa di Maura che mi ha lasciato, e piango, e corro, nel bosco, di notte, e condivido con gli amici di Facebook, sempre pronti a tendere una mano e a dare un consiglio fraterno, e continuo a correre, e scrivo, e la scrittura intuitiva intuisce altre parole, e allora cancello e riscrivo, correndo e piangendo, mentre Paola e Chiara dicono «Mi costa una fortuna riuscire ad ammettere che», nella versione di Sanremo 1997 scaricata in mp3, da YouTube, e io continuo nel mio intento di postare, con gli occhi appannati dalle lacrime, tutto accaldato, e inciampo in una radice, poi in un sasso, fratturandomi l'alluce destro e lussandomi la caviglia sinistra, finendo giù da una scarpata ma tenendo stretto davanti agli occhi il Samsung Galaxy S2 bianco perché devo condividere questo mio pensiero, piangendo, sperando di ricevere dei «Mi piace» o dei commenti, mentre Paola e Chiara sottolineano che «È stato solo un gioco, un affare da poco», e io piango, disteso a terra, in un burrone, fra i rovi e sento dei cani, forse dei lupi, ululare e ho la batteria al 6 per cento, e guardo il telefono speranzoso, e ho il display frantumato, ma ecco una notifica, piccola, rossa, con scritto «1», la apro, ed è un invito a giocare al Villaggio dei Puffi, e piango, e ho perso un infradedo, chissà dove.

All you Kim Ki-duk

«Ordiniamo un'altra porzione di sashimi di salmone?»

«La nostra vita è come quella dei salmoni di allevamento.»

«Chi l'ha detto?»

«Io. È come essere in una vasca piena di altri salmoni.»

«Ah sì?»

«I salmoni nascono con l'istinto di risalire il fiume

per poi finalmente morire. Quel fiume può essere metafora di un sacco di cose ma soprattutto è la linea del tempo. Ma noi siamo salmoni coscienti. Coscienti e intrappolati. Non c'è nessun fiume da risalire. È un'illusione. Il fiume scorre lo stesso. Continuiamo a nuotare in cerchio credendo di dover fare qualcosa mentre invece saremo solo sfilettati, affumicati, deposti su fettine di riso o spalmati su una fetta di filone ai cereali insieme al Philadelphia.»

«Ho cambiato idea. Che ne dici di sashimi di tonno e tempura di trota?»

«Io bevo almeno due litri d'acqua al giorno. Mangio molta frutta e verdura. Evito l'esposizione al sole durante le ore più calde. La morte per distrazione dal non aver fatto queste cose deve essere molto dolorosa.»

«Mi sembra di aver già sentito questo pensiero in un film di Kim Ki-duk.»

«Ah sì? E in quale?»

«Non mi ricordo. Li guardo solo in lingua originale.»

«Be', ma anche fossimo nati salmoni liberi e avessimo il nostro fiume, quale altro sarebbe il fine di risalire il fiume se non la fine stessa?»

«Non credo che Kim Ki-duk abbia fatto un film sui salmoni. Forse agli esordi. Non lo so.»

«I salmoni risalgono il fiume per istinto, probabilmente senza la coscienza di esistere. Noi, sapendo di essere mortali, non abbiamo fiumi da risalire per scoprirlo. La coscienza della morte ci uccide continuamente.»

«E quindi?»

«Non lo so»

«Kim Ki-duk lo avrebbe saputo.»

Nel frattempo: coppie sedute ai tavolini in un all you can eat cinese mangiano giapponese, dicendosi «Vado matta per il sushi» e approfondendo la conoscenza logorrendosi addosso inutili dettagli delle proprie vite, cercando di dipingersi l'un l'altro il soggettivo meglio del proprio io e provando a essere al contempo divertenti, interessanti e non avere roba fra i denti.

Fare sesso in auto ascoltando i Timoria perché hai sbagliato ed eri convinto di aver messo i Negrita

I nostri sguardi si incrociarono sopra ai boccali di birra.

Anche lui soffriva di strabismo.

Dopo un attimo eravamo in macchina.

Ci strappammo i vestiti di dosso, assatanati.

Li piegammo con cura e li riponemmo nel baule in ordine cromatico. Eravamo nudi.

Eravamo NOI.

Lui lo tirò fuori e me lo mise dentro.

Poi lo tirò fuori e me lo rimise dentro.

Così per diverse volte che non sono stata lì a contare.

Era tutto un dentro fuori e io vibravo di piacere per i suoi affondi, degni della miglior prosa di Giovanni

Verga. Questa cosa che consisteva nel dover ripetutamente tirare fuori e mettere dentro un affare in un buco era completamente assurda ma parecchio eccitante.

Da dove un tempo, in cui l'aria era tinta dal rosso dei vulcani, mi sarebbe penzolata una coda mi partì un brivido che mi arrivò direttamente al cervello provocandomi l'impulso di eruttare dalla bocca le parole: «Sto venendo». Siccome in quel periodo seguivo un corso di inglese, in automatico aggiunsi: «I'm coming».

Da lui uscì un serio: «Stiamo attenti che i sedili sono in alcantara, i kleenex sono nel bauletto porta oggetti dietro di te».

Sicuramente un Vergine ascendente Capricorno.

Per un attimo mi si rovesciarono gli occhi all'indietro, tutto diventò bianco, poi rosa e poi un calore paragonabile a eroina mi coibentò tutto il bunker vista monte di Venere regalatomi da Dio in persona.

Restammo abbracciati per qualche minuto, ansimando, i vetri dell'auto appannati e un forte odore di spaghetti alle vongole e bottarga con una spolverata di prezzemolo nell'aere.

«Piacere, Nazarena», gli dissi allungando la mano.

«Piacere, Nazareno», rispose stringendomela, la mano.

«Pigli per il culo?»

«No, son serio.»

«Canzone preferita?»

«Ci devo pensare.»

«Anch'io!»

«Segno zodiacale?»

«Vergine.»

«Porcozzio lo sapevo!»

«Anche tu Vergine?»

«No, io Cancro, ma ho una cara amica che mi pare sia Vergine.»

«Tutto ciò è incredibile.»

«Puoi dirlo forte.»

«Andiamo a finire le birre va.»

»Sì, forse è meglio di sì.»

Non ci è dato sapere altro.

Il salmerino

Fuori era tutto ricoperto di neve. Non seppi stabilire con certezza matematica se fossi più bella tu o tutto quel bianco e, in ogni caso, non te lo dissi perché probabilmente era più bello quel bianco (diciamo un coin-flip leggermente a favore della neve 54/46), quel bianco che si sarebbe sciolto a breve, come la nostra relazione amorosa. Dedussi che probabilmente dirti: «Sai, non so se sei più bella tu o la neve, forse la neve, ma di poco» avrebbe solo accelerato i tempi di questa già breve brevità non molto intensa.

Mi resi conto che per arrivare a questa conclusione ero rimasto immobile con la bocca aperta a fissarla per minuti 15. Avrebbero fatto in tempo a scuocersi anche i Rigatoni della «Garofalo».

«Pensavo fossi un poeta, ma non dici mai un cazzo di interessante», disse lei.

«Devo rimediare in qualche modo», pensai io.

Decisi che la soluzione migliore era tirarlo fuori. Lo estrassi, sì: stiamo parlando del castoro, e scrissi «BABY, TI STIMO MOLTO» sulla neve. Lì ebbi l'ispirazione: «SEI BELLA COME PISCIARE NELLA NEVE», le dissi inclinando un po' il capo e indossando uno sguardo Backstreet Boys.

«Ciò non mi lusinga affatto», fece lei.

«Dovrebbe invece. Pisciare nella neve è molto bello. Cagare non ho mai provato. Se mi guardi, però, mi vergogno un po'. Sai, cagare davanti al proprio partner credo faccia male alla relazione», saputellai io mentre cercavo di staccare le dita delle mani che risultavano come incollate al salmerino che stava diventando bleu.

«Metti via quel coso orrendo!»

Sentirle sputare queste parole mi ferì nel profondo, come un coltello di ceramica piantato lì dove un maschio di manzo è più sensibile. Mi sfilettò il cuore come sushi e me lo servì su polpette di riso.

«È che non riesco più a staccare le dita, baby», proclamai con un lieve imbarazzo.

«Non fare lo stronzo e, ti prego, mettilo via immediatamente! È disgustoso», sbottò visibilmente disturbata.

STOP □ PLAY >

«Veramente questo coso lo hai preso in bocca fino a ie...»

PAUSE II FFWD >>

La cassetta viene mandata avanti a velocità accelerata sul videoregistratore e sullo schermo del tv color Saba 32″ sono visibili le immagini delle due persone che discutono senza aver modo di sentire quel che si dicono. Unica sensazione uditiva è il fruscio del nastro che scorre e il rumore degli ingranaggi dell'apparecchio che è un po' vecchiotto.

PAUSE II RWD << PAUSE II PLAY >

L'avanzare veloce del nastro ha portato il tempo della narrazione al presente.

Sono steso supino sulla neve. La riesco a sentire attraverso i vestiti, inadatti a questo materasso. Sento il gelo percorrermi tutta la spina dorsale contando le vertebre: 33. Come dal medico: 33. Come l'epicentro dell'ultima cena. Cerco di tenere la testa sollevata. Entrambe le mani sono diventate un tutt'uno con le mie vergogne, che iniziano a bruciarmi dal freddo.

Lei mi dà le spalle.

Mi sembra di sentirla singhiozzare piano e dai piccoli sussulti che fanno le sue spalle ne ho la conferma. Sta piangendo. Il cielo è ovunque e si confonde con la neve come fossimo dentro a una nuvola.

Steso nella neve.

Come al solito non so cosa dire e aspetto.

Sono più bravo a scrivere messaggi che a parlarle, ma le mie mani ora sono laggiù, e forse quando si è così vicini è stupido comunicare tramite sms (a meno che non si abbiano ottime tariffe).

Vedo solo la sua schiena.

Cerca di tenersi in equilibrio mentre è accovacciata sopra di me.

Tira su col naso e si asciuga le lacrime con una manica del maglione.

Con l'altra mano si sta reggendo i jeans.

Poi, una nuvola di vapore caldo.

Qualcosa come quando, certe mattine di gennaio, uscivo di casa sul presto con una bottiglia di acqua calda per scongelare il parabrezza dell'Alfa.

È una sensazione piacevole. Una primavera.

Il riscaldamento globale.

Avere di nuovo le mani.

STOP □

Spettatore 1: Questa videocassetta fa cagare.

Spettatore 2: Già.

Spettatore 1: Aglio e olio?

Spettatore 2: Buona idea.

Penso che per la sogliola grazie

Ieri sono uscito con una ragazza. Non appena sono riuscito a buttarla a terra, le ho infilato le mani sotto alla maglietta e con grande stupore ho sentito che aveva i capezzoli lunghissimi: come due antenne.

Lei, visto che mi ero fermato, mi ha detto: «È la prima volta che mi succede, te lo giuro.»

«Su Dio?»

«Sì.»

Non le ho creduto. Così, le ho mollato una sberla, mi sono rialzato e sono andato a cercare un'altra ragazza.

Mi sono fermato a prendere una birra.

«Una birra, grazie.»

«Vuole una cerveza?»

«Mi dia una cerveza.»

«Alla spina va bene?»

«Sì.»

«Non l'abbiamo.»

«Fa lo spiritoso?»

«Sì.»

A quel punto volevo saltare al di là del bancone per far capire a quel tizio che stava facendo lo spiritoso con la persona sbagliata ma l'ho vista: era la ragazza che cercavo. L'ho raggiunta e l'ho buttata a terra. Proprio così: l'ho stesa come mi ha insegnato mio nonno, pace all'anima sua. Lei strillava, allora le ho messo la lingua in bocca per zittirla.

Quando si è tranquillizzata mi sono tirato giù i pantaloni per razzare.

Lei mi ha detto: «Aspetta, devo scrivere uno status su Facebook prima».

«Ok.»

A cosa stai pensando? «Forse, sforzarsi di ignorare qualcuno e sforzarsi di sembrare sostenuta... serve a un chez. Ma da soli non si può far tutto, quindi si accantona tutto e ci si riempie la vita con altro. Anche se alla fine, la cosa che più desideri è proprio quella che cerchi di nascondere. CONTRITA. *Presso:* Bar Le Azalee.»

«Hai finito?»

«Sì.»

«Bene.»

L'ho razzata.

Non sono mai riuscito a capire le donne e i loro status su Facebook ma non è un problema.

O forse sì? O forse sì?

Vivi ogni giorno come se fosse l'ultimo, pensa come se non dovessi morire mai (Lenny Kravitz)

Ogni giorno, di primo pomeriggio, la mia ragazza mi dice: «Amore io esco, vado a prendere il Sandro e l'Andrea a scuola!» Credendo che io ci caschi. Ma io, che sono un gran bel furbo, a meno che non me ne sia dimenticato, so di non avere figli. E comunque, se li avessi avuti, non li avrei chiamati né Sandro né Andrea. E ancor più comunque: «Dove sono 'sto Sandro e 'sto Andrea se torni sempre a casa da sola!?»

Così, mi alzo, dal mio divano e vado a guardarla dalla finestra, tutta sculettante e vaporosa, accompagnata da uno zoccolio equino.

Con mia sorpresa, con quella buona dose di adrenalina che prova una madre nel trovare la pipa da crack e mezz'etto di meth nel comodino della figlia appena debuttante, ma anche con quel rammarico di quando, goloso, in fila in una pasticceria siciliana, quello prima di te si incamera, come uno scoiattolo, l'ultimo cannolo alla ricotta, la vedo che se ne va a braccetto con un mariachi della bassa America, uno con i pantaloni di lino bianco che gli si infilano nel sedere e le zeppe di linoleum nere, uno che ha partecipato alle selezioni di *Re per una notte* come sosia di Lenny Kravitz ed è stato scartato, uno che sarà sì e no un metro e sessantadue, uno che ha a tracolla un borsello a forma di piccolo djembe, uno che probabilmente ce l'ha più grosso del mio, uno che ha un tic, a causa del quale fa continuamente il segno «No» scuotendo la testa.

Allora, faccio il segno del «No» anch'io, scuotendo la testa, e me ne torno a sedere, amareggiato e scosso, sul divano. Penso che potrei andare alla castagnata degli alpini o al corso di origami per tovaglioli, ma mi fa troppa fatica anche infilarmi le scarpe. Penso che potrei portare giù il cane a fare una passeggiata, ma mi ricordo di averlo fatto abbattere l'anno scorso, perché tirar su i bisognini era un impegno troppo gravoso. Penso che quel nano con la permanente sia, or ora, inserito nella mia ragazza come una Schuko e che lei gridi *palabras* come «Caliente», «Fuego» o «Mediterraneo» ma pensare in spagnolo è una faticaccia.

Così, passo dalla posizione seduta a quella supina, accendo il televisore ma mi dà fastidio e quindi lo spengo.

Lo riaccendo, lo spengo, lo riaccendo, lo spengo: per 7 volte.

Fisso il soffitto, in un angolo dove ci sono delle crepe, e aspetto la sera per mangiare la minestra primavera in busta della Knor.

A volte mi assopisco sognando il Sandro e l'Andrea e alla loro fortuna di vivere in quel mondo immaginario.

Poi mi addormento.

Il passo di andare a vivere insieme

Oggi non è successo nulla di particolarmente rilevante. A parte il fatto di essere finito in coma per un paio di minuti: è successo, verso le 17.35, mentre stavo passeggiando, come usava fare il Manzoni, per le vie dei rami del lago di Como, pensando agli affari miei, che, può sembrare, ma non sono per nulla interessanti.

A un certo punto, che chiamerò, per comodità e con un poco di malizia «punto G», ho sentito un forte colpo alla testa seguito da un istantaneo e intenso dolore. In quei pochi attimi, prima di perdere i sensi ho smesso di pensare agli affari miei per dedicarmi alla deduzione di essere stato probabilmente aggredito e colpito da un malintenzionato, sicuramente negro, per mezzo di una rudimentale clava.

Al mio risveglio, con un po' di delusione ho scoperto di essere stato invece abbattuto dalla discesa di una stanga di un passaggio a livello di cui ignoravo la presenza.

Mi si era radunata attorno una piccola folla di curiosi: così, adottando in viso la mia espressione «contrariato, sicuro di sé e un po' anche scocciato» ho preso sottobraccio la mia ragazza e ho girato i tacchi.

Qualche metro più avanti mi sono accorto di aver preso sottobraccio la ragazza sbagliata, ma ormai era troppo tardi per tornare sui miei passi, così ho tenuto quella e ora conviviamo.

La folle danza dei Guglielmi

Ascolta me, seguimi.

È incredibile come, anche solo accostando l'auto al ciglio della strada e, abbassando il finestrino, si conosce una persona e:

«Ciao.»

«Ciao, piacere Guglielmo.»

«Piacere Guglielmo anche io.»

«Ah, un nome maschile!»

«No, i miei sono nigeriani e in Nigeria Guglielmo è un nome femminile.»

«Mavalà! Pensa te. Come va?»

«Bene, grazie. E tu?»

«Prego. Anch'io bene, grazie a te che me lo hai chiesto.»

«Figurati, e poi sei stato tu il primo a chiederlo.»

«Ah già, che inavveduto. Non c'è di che, allora.»
«Salgo?»
«Sali.»
«Sono centomila.»
«Settanta.»
«Anticipati.»
«Ok.»

Poi, schiacciando FFWD >> si tralasciano altre manfrine più o meno lunghe e si schiaccia PLAY > al punto in cui si vede che Guglielmo sta tirando fuori qualcosa dalla patta dei pantaloni.

Mai che ne esca, che ne so, un coniglio o un disegno: no, esce fuori sempre un cazzo, un'escrescenza di palpitante spugna, più o meno grosso, più o meno viola.

Di Guglielmo non posso dirlo perché non ha firmato la liberatoria.

Poco dopo, possiamo osservare lo stesso Guglielmo montato sopra all'altra Guglielmo che le sta scavando l'interno inserendo il pene a mo' di cucchiaino nel vasetto per finire lo Yomo. Cioè, Guglielmo conosce Guglielmo e, subito, pam, la prima cosa che gli viene in mente è cercare di tappare i buchi dell'altro Guglielmo, di gonfiare Guglielmo come fosse un canotto a forma di Guglielmo. E il canotto Guglielmo è favorevole e mette a disposizione i suoi buchi da farcire d'aria.

In questo caso, addirittura, ne fa una professione:

ma potremmo, grazie alla nostra fantastica immaginazione, far finta che i Guglielmi si siano conosciuti in paninoteca o al corso di difesa personale o a giurisprudenza.

Guglielmo è lì che spinge e spinge, come a voler raggiungere qualcosa in fondo a Guglielmo, al centro di Guglielmo.

Il punto G di Guglielmo.

Il cuore di Guglielmo.

Spaccare in due la mela.

Esplora e sonda con quella ridicola testina porporina che l'uomo ha deciso di chiamare glande. Ha deciso di chiamarla così in Italia, in Nigeria non lo so ma volendo è un attimo con Google Translate.

E questo glande può succedere che si ricoprirà di funghi, funghi che vivono nei Guglielmi. Funghi che si nutrono di cappelle. Non è forse assurdo, o perlomeno strano, uscire di casa e andare a cercare la vicinanza di Guglielmi che anch'essi sono usciti di casa, e si sono messi l'impermeabile o i tacchi e hanno in tasca lo spray per l'alito, per cercare la vicinanza di altri Guglielmi che invece prediligono le compresse salva-alito Giuliani? E tutti questi Guglielmi compiono delle azioni (fare a mente degli esempi di azioni a piacere). Compiono delle azioni che pensano possano attirare l'attenzione di qualche Guglielmo o si sentono in dovere di darsi l'un l'altro delle spiegazioni, raccontare un po' il Guglielmo che si è, quello che si vorrebbe essere. Si fanno degli esempi fra Guglielmi per fare intendere meglio agli altri Guglielmi, che li stanno ascoltando, quello che si voleva dire.

E intanto che tutti questi Guglielmi compiono azioni, pensano che vorrebbero riempire i buchi o circondare parti del corpo di altri Guglielmi con i propri buchi, oppure impedirsi a vicenda di fare degli esempi e di raccontarsi, tappandosi i buchi orali con quella mossa di wrestling chiamata sixtynine.

«Perché non desideri infilare dentro di te il mio piede?» mi domando.

«Cosa avrà di così attraente il mio pene più del mio piede?» ti domando.

«Anche le lettere nella parola sono quasi le stesse», aggiungo.

«È un bel 46, piede d'atleta», confermo.

E tu? e tu chissà dove sei, anima fragile che mi ascoltavi immobile, ma senza ridere e che non sai come rispondermi se non con un: perché a me mi piace il cazzo.

E la vita continua anche senza di noi.

Ha proprio ragione Guglielmo Rossi.

E allora giù grappe. Mi bevo il Piave.

Bene, ora che sono ubriaco ho la mente di Tetsuya ma tutto il resto va da sé: non conosco la paura né il dolore so che cos'è, bevo e bevo e bevo perché non riesco a sentirmi a mio agio in mezzo agli altri Guglielmi; perché altrimenti da sobrio non tollero la sola vista di altri menti sfuggenti, pronunciati o con la fossetta a forma di culo, menti con poco più in alto occhietti che ti guardano.

E gambe per avvicinar(ti)si e mani per presentar(ti)si e toccarti.

E buchi che palpitano e vogliono essere riempiti.

E escrescenze che palpitano e ti vogliono riempire.

E funghi che vogliono crescere sulla tua cappella.

E ora, io, che ho Tetsuya ubriaco marcio alla guida del mio corpo, riesco a guardare e anche, talvolta, a partecipare alla ributtante decadente danza di mortali che vorticano in cerchio mentre pensano: riempire buco, riempire buco.

Dormi?

Una sera, sul tardi, in una palazzina a Osnago, vicino al discopub Madigan's, all'interno di una camera da letto che potrebbe essere descritta come arredata solo dell'essenziale.

«Ehi.»

«...»

«Ehi.»

«...»

«Ehi, dormi?»

«Sì.»

«Ah. Pensavo fossi sveglio.»

«Ora lo sono.»

«Scusami allora.»

«Che cosa c'è?»
«No, niente... se stai dormendo.»
«Ora sono sveglio, dimmi.»
«No, è che non riesco a prendere sonno.»
«E?»
«...e volevo sapere se tu invece dormivi.»
«Sì, dormivo.»
«Ah, mi fa piacere tu ci riesca. Buonanotte allora.»
«Grazie, buonanotte anche a te.»
«Ehi...»
«Che c'è?»
«No, scusami, è che sono un po' scomoda così.»
«Ah, scusami tu.»
«Non è che potremmo sdraiarci?»
«Ok.»
«E... magari, se potessi tirarmi fuori il pene dall'ano...»
«Ah, che sbadato.»
«Figurati. Non mi era mai capitato.»
«Di ricevere Rai2?»
«No, no... quello hai vo...»
«E cosa allora?»
«Che un mio partner si addormentasse durante una pecorina.»
«E cosa facevano di solito?»
«Be', non saprei... andavano avanti. Facevano dei versi.»
«Hai presente la pubblicità della Duracell?»

«Quale?»

«Quella della gara degli orsetti.»

«Sì.»

«Ecco, fai finta che io sia un orsetto con una normale pila zinco e carbone.»

«Come sei dolce.»

«Già. Dormiamo ora.»

«Ok.»

SONO UN UOMO RIDICOLO

Sono un uomo ridicolo.
Ora mi danno anche del pazzo.
Potrebbe essere una promozione, se per tutti loro non rimanessi comunque un uomo ridicolo. Ma ora non mi arrabbio più, ora li trovo tutti gentili, perfino quando ridono di me, anzi è proprio in quel momento che li trovo particolarmente gentili. Se non mi sentissi così triste, guardandoli io stesso mi metterei a ridere con loro, non di me, ma per piacere loro [...] a un tratto ho sentito che per me era lo stesso se il mondo esisteva, o se nulla ci fosse stato in alcun luogo. Ho cominciato a sentire e ad accorgermi con tutto il mio essere che vicino a me non c'era niente. All'inizio mi sembrava però che molte cose fossero esistite prima, ma poi mi sono accorto che non c'era mai stato nulla, chissà perché l'avevo pensato.
A poco a poco mi sono anche convinto che mai nulla esisterà. Allora ho smesso di arrabbiarmi con la gente e ho cominciato quasi a non considerarla più.

Fëdor Michajlovič Dostoevskij,
Il sogno di un uomo ridicolo

Mi sveglio nel mio lettone; ieri è stata una bellissima serata e oggi c'è il sole.

Lei è stesa al mio fianco, ha gli occhi chiusi e respira piano.

È così bella!

Alla fine basta davvero poco per essere felici: un tetto sopra la testa, un utero e la capacità di avere un'erezione.

Mi alzo pian piano e vado in bagno a lavarmi i denti, per svegliarla con un bel bacio che non sappia solo di merda ma anche di Pasta del Capitano. Mi guardo allo specchio per sistemarmi il riporto e: non sono io. Eccomisembravastrano.

Vado in cucina e mi vedo lì, riverso sul pavimento fra i vetri rotti, le mutande di due taglie in meno con su disegnati i timoni, una banconota nel naso e un braccio allungato verso il frigorifero in un ultimo disperato tentativo di aprirlo.

Mi sparo un calcio in culo e non do segni di vita.

Torno a letto e lei mi domanda: «Chi sei, zio?»

«Non lo so, baby, non lo so.»

Mi sono svegliato con il sole che mi prendeva a sberle. Dei bei ceffoni di luce. Non sapevo che ore fossero ma, a intuito, era quasi mezzogiorno.

Le mattonelle del pavimento erano fredde e appiccicose e io ero tutto sudato e non avevo un buon odore.

Mi sono alzato in piedi a fatica reggendomi a una sedia di legno e ho sentito le gambe così cariche di acido lattico che avrebbe dovuto essere munto e parzialmente scremato da qualche funzione organica del mio corpo di cui non ero a conoscenza. Cercherò su Wikipedia. Le avverto rigide come quelle della sedia cui sono appoggiato. Il cuore mi si dev'essere spostato nella testa e lo sento pulsare. Ho maledetto quegli attimi mentre cercavo di mantenere in equilibrio una testa che sento spropositatamente grande per il mio collo.

Ho cercato di arrivare al bagno evitando i cocci di bottiglia sparsi sul pavimento. I piedi mi si incollavano a ogni passo.

Dovrei avere degli antidolorifici da qualche parte. Mi son detto.

Li ho inghiottiti direttamente dalla bustina, come frizzy pazzy.

«Ciao questo e mio nuovo numero sono il ragzzo del volvo grigia sono turnato ce anche rigalo Kalid.»

Il marketing aggressivo dei marocchi che ti vogliono vendere la coca è arrivato a questo punto: mandano gli sms. Non vorrei averci più nulla a che fare, l'ultima volta mi hanno venduto del muro, roba grattata via dalle pareti, ma al novantesimo so che avranno di nuovo vinto loro. In scimmia, li avrei chiamati: «Fai sciunquo minut», avrebbero detto.

Sarebbero arrivati sulla Volvo grigia al punto stabilito.

«Ciao mio amech, bravh raghazz, bravh raghazz», avrebbero scatarrato da dietro il finestrino mentre avrei scambiato la banconota arancione con un pallino di intonaco o di vernice.

Roba che ti scartavetra le narici.

«Alla grande», li avrei salutati.

«Allah Ghrande! Allah Ghrandhe!» avrebbero risposto ingranando la marcia per la prossima consegna.

Rapidi come Ups.

Falsi come tagli da 13 euro.

Mercanti da generazioni.

«Mio amech, bravh raghazz, bravh raghazz.»

Mentre mi spogliavo per infilarmi nella vasca non ho potuto fare a meno di guardarmi: il ventre era gonfio. E il cazzo? Grigio e rattrappito.

«Probabilmente un giorno di questi mi cadrà, credo si senta inutile», penso. L'emisfero destro mi fa a pugni con quello sinistro; mi contraddico, mi contraddico di nuovo gli vado contro solo per il gusto di farlo spingo la mente dove non vuole sono sdraiato in una vasca piena fino all'orlo di assurdo non fa schiuma mi sono rimasti fuori i piedi i piedi la terra ancóra voglio un'àncora sono pur sempre qui e adesso il mio settimo senso e mezzo sono sott'acqua accendo un fuoco non ho più aria mi sono calato con una fune dentro allo scarico passeggiarci intorno non bastava è come camminare su un cornicione con la certezza di essere infrangibile o forse la speranza di esserlo non so resistere alle droghe NON SO RESISTERE ALLE DROGHE. L'abisso-il-mostro-io-la-mente-grigia-sotto-spirito-e-sul-lavandino. La mente riempie la stanza fino al soffitto e mi soffoca devo uscire devo fare qualcosa la natura è crudele? L'uomo è egocentrico si sovrastima il tempo non esiste più ora è palpabile le mie idee non sono mie è sufficiente saperlo? L'acqua scorre ma è ferma continuo a far finta il repertorio di dribbling vado Il mondo alla fine sono io no il mondo non sono io o sono io?

Ho gettato nello scarico i capelli che mi erano rimasti tra le dita delle mani e ho pisciato un liquido simile a brodo, denso e arancione. Ho messo il dentifricio sullo spazzolino e ho aperto il rubinetto; lì, sulla ceramica bianca del lavandino, c'era una piccola mosca. Le ho sputato addosso tutto quello che avevo in bocca affogandola. Poi l'ho guardata sparire dentro alla conduttura.

Per un attimo mi sono sentito in colpa ma poi ho dimenticato.

Il bidet aveva cominciato a perdere acqua dal tubo di scarico e ogni volta che lo usavo dovevo passare uno straccio a terra per asciugare. Avrei potuto chiamare un idraulico ma il solo fatto di chiamarlo, prendere un appuntamento e dover spendere dei soldi per una cosa del genere mi metteva in ansia. Avrei potuto sistemarlo da solo, andare in uno di quei centri del fai da te a recuperare i pezzi necessari e aggiustarlo. Una volta probabilmente avrei fatto così. Ora non me ne fregava un cazzo e, nonostante mi sentissi un gran coglione per questo, avevo deciso di non usarlo e mi ero comprato delle salviette umidificate per pulirmi il culo che mi lasciavano addosso un fastidioso odore di pannolino dopo averle usate.

Sul letto non c'era nessuno, nemmeno le lenzuola.

Un materasso grigio e spoglio con una macchia di sangue di chissà chi. Come mi sono ridotto così?

Mi sono sdraiato sul letto e mi son messo a fissare il soffitto.

Buon Natale.

Sono a tavola, a casa dei miei.

Dico: «Passami il pane».

I posti in cui sedevano i nonni sono vuoti da anni.

Mia sorella si è trasferita in Australia e per quest'anno non è potuta tornare.

Guardo la donna che, quando mi cagavo addosso, mi puliva il culo.

La donna che mi ficcava in bocca i suoi capezzoli.

Guardo l'uomo che, quando facevo il bagno, mi sprepuziava il cazzo.

L'uomo i cui capezzoli erano superflui.

Li guardo e, da allora, mi sembra passato un giorno, forse due.

E adesso? Sono quasi morti.

E son quasi morto anche io.

Inganno l'attesa dicendo cose.

Ho fatto questo.

Ho intenzione di far quello.

Ah sì?

Vado per i quaranta.

Dove vai?

Dove mi porta la vodka.

Perdo i capelli.

Perdo il mento.

E trovo girovita.

Mi stanno marcendo le unghie dei piedi.

E dentro? È una fortuna che non lo vedo.

Non ho intenzione di sprepuziare figli.

Egoista? Sì.

Altruista? Sì.

Se mi chiedono: come va? Dico: bene.

Quindi?

Qualcuno mi passa il pane?

Dopo essermi sdraiato sono sprofondato in un dormiveglia simile a un coma vigile. Nel tardo pomeriggio mi sono risvegliato definitivamente ma non mi sono alzato: sono rimasto a letto, sdraiato a salassarmi di ricordi e pensieri che, alla fine, non portano a nulla se non alla malinconia.

Passo le giornate sdraiato fissando il soffitto, cerco di dormire, o perlomeno di sonnecchiare per non pensare. Quando non ci riesco bevo per stordirmi e di conseguenza svenire. Quelle ore che esistono e non esistono mi danno sollievo. Momentaneo.

Stavo con una ragazza che faceva l'imitazione del dialetto cilentino per far ridere i suoi colleghi di lavoro.

Lo faceva spesso, andavamo a fare l'aperitivo io, lei e i suoi colleghi, lei faceva il suo numero e i suoi amici si tenevano la pancia dal ridere; io le prime volte avevo accennato un sorriso di cortesia mentre in me si creavano una tristezza infinita e un sagomato imbarazzo. Credo che questa cosa trasparisse e lei non poteva accettarlo. Ora sta con uno che fa l'imitazione di Abatantuono e ridono come matti durante gli aperitivi.

Mi sono messo con una ragazza che mi interpretava e cercava, nei suoi limiti, di dare delle spiegazioni a queste sue interpretazioni.

I suoi limiti erano il voler interpretare gli altri, le sue conclusioni erano limitate a quello che lei stessa era; a quello cui arrivava e alla sintesi del personaggio che percepiva quando ero in sua compagnia.

Quando stupidamente e abbastanza goffamente provavo a descrivermi a parole, a raccontarmi mi diceva: «Certo, certo».

Come andava fra noi? Come la barca di Orietta Berti.

Andavamo a mangiare da Pastarito Pizzarito.

«Sapevo che avresti preso quegli abbinamenti», diceva, «ti conosco troppo bene!»

Ho lasciato perdere, come con tutte, come con tutto.

Dormo sul lato destro del letto stringendo un cuscino.

Mi sono acceso una sigaretta.

Una persona distesa, in accappatoio, su un materasso sporco senza lenzuola, le mutande sporche con disegnati i timoni accartocciate ai piedi del letto, il ronzio del frigorifero vuoto che arriva dalla cucina, un posacenere di vetro finto Murano pieno di mozziconi di sigaretta di Camel Light pacchetto morbido appoggiato sul cuore, le bollette Edison luce e gas sulla credenza, la sera che sta arrivando, la gente che va in farmacia a comprare i salva alito e i no gas Giuliani per non fare brutte figure in ascensore, le attrici porno che, in ginocchio sullo schermo del mio notebook, ingollano sementi come se piovesse ma non piove. Potenziali figli deglutiti.

Lavoravo come magazziniere in una ditta di minuterie e accessori scorri tende, facevamo tutto lì. Esportavamo in tutta Europa. Ogni sera, prima di andare a letto, puntavo la sveglia alle sette meno un quarto. Quando suonava bestemmiavo e la puntavo alle sette, poi alle sette e un quarto. A quel punto bestemmiavo di nuovo e mi alzavo. Facevo la doccia per risvegliarmi, non tanto per lavarmi; se ero in tempo facevo colazione e poi mi buttavo in macchina.

Ogni mattina vedevo le stesse facce nel traffico che inveivano contro l'automobile che avevano davanti, si tagliavano la strada a vicenda o fissavano il vuoto come galline da batteria.

Ho lavorato lì per tre anni, sotto contratto con un'agenzia di lavoro a tempo determinato; ancora oggi, ogni anno, a Natale e al mio compleanno mi arriva un sms dall'agenzia che mi fa gli auguri dandomi del Lei. Cordialità.

L'orario di lavoro era dalle 8 alle 12 e dalle 13 alle 17.

Tutte le mattine erano uguali, dal lunedì al venerdì e poi mi chiedevano: fai gli straordinari sabato mattina? E io dicevo sempre di sì perché sapevo che non era una domanda, e bestemmiavo in silenzio e facendo i gestacci dentro le tasche dei pantaloni.

Se per qualche motivo timbravo il cartellino oltre le 8.10 mi veniva detratta l'intera ora dalla busta paga.

I primi tempi capitava di arrivare in ritardo, di pochi minuti, senza farlo apposta, vuoi per una cosa vuoi per l'altra: poteva succedere di timbrare alle 8.02 o, al massimo, alle 8.04. Quando succedeva facevo in modo di recuperare quei minuti timbrando l'uscita anziché alle 17 in punto alle 17.02 e via dicendo.

Mi sembrava logico.

Evidentemente questa cosa non veniva presa in considerazione e c'era una persona stipendiata per controllare gli orari di ingresso di tutte le oltre cento persone che lavoravano lì dentro e, dopo un paio di mesi di accumulati ritardi, venni richiamato, con una telefonata, e non dalla direzione ma dall'agenzia: «Abbiamo qui una lista di almeno dieci persone pronte a prendere il suo posto, se continuerà ad arrivare in ritardo ci vedremo costretti a prendere dei provvedimenti riguardanti il suo attuale contratto e le sue eventuali future possibilità di nuove...» e altri minuti di cose del genere che dovetti sorbirmi in un umiliante silenzio.

Una volta riattaccata la cornetta, come quando litighi con uno più grosso di te e sei ormai a distanza di sicurezza, feci la voce grossa.

Da allora ogni mattina ero in ditta con cinque minuti in anticipo, timbravo il cartellino (che in realtà è una tessera elettronica), mi infilavo il grembiule blu da operaio con il nome della ditta stampato sul cuore e mi fermavo alle macchinette a bere il caffè. Mi ero fatto dare la chiave perché così lo pagavo 10 centesimi in meno, 30 anziché 40; ogni 3 caffè ne avevo uno omaggio. Può sembrar poco ma se pensi che bevo minimo 3 caffè al giorno, fai tu i conti.

Mi facevano contratti di tre mesi alla volta, poi dicevano che, se fossi andato bene, mi avrebbero assunto. Lo facevano per tenermi per la gola, tanto, come si dice, il coltello dalla parte del manico ce l'avevano loro.

A me sembrava di andare bene, non facevo niente di più né niente di meno degli altri. Non è che bisognasse sapere fare molto, non è che bisognasse essere dei geni. Anzi, a dire la verità facevo anche più di alcuni. C'era gente che passava le giornate a nascondersi pur di non lavorare. Certo qualche volta lo facevo anch'io, ma lavorando la giornata passava più in fretta.

C'era un tizio, tale Alberto, che non parlava con nessuno e passava le giornate chiuso dentro uno dei due bagni. Non si sa bene che cosa facesse, nessuno ne sa molto in proposito, dicevano che non era tanto a posto con la testa. Su questo non ho dubbi. Non l'ho mai visto arrivare al mattino, andarsene la sera o in mensa durante la pausa pranzo. Era come se vivesse lì dentro. I bagni erano su un grosso soppalco sopra alla zona di carico, dove i camion si appoggiano in retro con i portelloni aperti per essere riempiti di merce. Non l'ho mai visto a figura intera. Vedevo quel muso da sorcio sporgere dalla porta del bagno ogni volta che salivo sul soppalco con il cestino per recuperare la minuteria che avevo nell'ordine sulla bolla; non appena mi giravo nella sua direzione la porta si richiudeva e sentivo il rumore della chiave che girava nella toppa. Non mi era ben chiaro il motivo per il quale non lo licenziassero.

Una volta ho provato a bussare alla porta del bagno.

«Occupato», ha detto con la voce sforzata di uno che stava cagando.

Il mio capo era un tale che, all'improvviso, si rimboccava le maniche, si infilava la cravatta dentro il taschino della camicia e tirava su un paio di scatoloni a caso, con un'energia immotivata, per far vedere che lui era uno dei nostri, uno che, prima di fare carriera aveva fatto la gavetta, uno che dava una mano ai suoi ragazzi. Noi lo guardavamo e pensavamo: «Che povero coglione».

Il suo secondo era una ragazza giovane che, a quanto pareva, aveva sempre freddo: se ne stava tutto il giorno imbacuccata dentro a un piumino, in una stanzetta piena di stufette elettriche con un fazzoletto fradicio di muco sotto a una naso screpolato. Aveva studiato ragioneria e adorava esercitare il piccolo potere del suo diploma su noi operai generici.

Come si sentiva importante nel dare gli ordini dalla sua poltroncina!

Oh piccola faraona!

Per lei fare carriera lì dentro e avere la capacità di saper organizzare e gestire del personale era un traguardo.

Mi divertivo a farle esercitare il suo potere, a fingermi dispiaciuto e obbediente come uno scolaretto rimproverato.

Sbagliavo apposta qualche ordine e osservavo le sue reazioni, godevo nel farla sentire superiore, nella sua soddisfazione nello sgridarmi.

Me la immaginavo che raccontava questi aneddoti a casa o quando con le amiche si trovava a bere una caipiroska alla fragola sul lungolago di Lecco, nell'attesa speranzosa che un giovanotto benestante la circuisse.

Poi, per non annoiarmi, cambiavo gioco e le rispondevo, le mancavo di rispetto, non mi adeguavo alla gerarchia, dicevo: «No!»

Come gioivo dei suoi fremiti di disappunto a quegli inaspettati insulti alla sua persona e al suo ruolo. Era una cosa del tutto inaccettabile e incomprensibile.

Si vendicava chiamandomi nel suo ufficio e dandomi dei compiti che riteneva spiacevoli e faticosi, una sorta di punizioni mascherate da pratiche necessarie.

La guardavo bruciare mentre ridevo e mi ammazzavo di lavoro per uno stipendio che mi faceva a malapena sopravvivere, per una cosa completamente priva di senso.

Cosa aveva senso?

Non sono mai riuscito a rispondermi.

Ogni tanto mi capita di sentire un fischio nelle orecchie. Poi smette.

Questo succedeva due anni fa.

Poi sono morti i nonni, io ho ereditato la loro casa a Osnago, qualche soldo e mi sono licenziato da quel posto di merda.

Quando finiranno i soldi? Non lo so. Non me ne restano molti.

Adesso? Aspetto che succeda qualcosa.

Bevo troppo e fumo troppo.

Vivo con la perenne sensazione che possa avvenire qualcosa di tragico da un momento all'altro. È come se avessi un maribù sulla spalla che mi fissa con quel becco, quella testa spelacchiata e quelle ali incrociate dietro la schiena.

Una storiella che ho letto da qualche parte dice che un tizio è andato dal Buddha e gli ha detto: «Scusi lei è il Buddha?»

E il Buddha: «Aha».

E il tale: «La facevo più magro».

E il Buddha: «Senti coglione…»

E il tale: «Io voglio la felicità!»

E il Buddha: «Caro mio, per averla rimuovi "l'io", questo è l'ego. Dopo rimuovi il "voglio", questo è il desiderio. Vedi, ora ti è rimasta solo "la felicità"».

E il tale: «La fa facile lei».

> A ogni uomo è propria l'aspirazione al piacere, che è sempre o il piacere sessuale, o l'essere sazi, o il possesso. Ma soltanto ciò che sta al di fuori della via del piacere conduce all'immortalità. Tutti i sistemi che portano all'immortalità sono in fondo riconducibili a un unico principio: fai sempre ciò che non hai voglia di fare, perché tutti gli uomini vogliono o mangiare, o soddisfare i loro appetiti sessuali, o venire in possesso di qualcosa, oppure tutte queste cose più o meno assieme. È interessante il fatto che l'immortalità è sempre legata alla morte ed è presentata dai diversi sistemi filosofici o come eterna beatitudine, o come eterna sofferenza, o come eterna assenza di beatitudine e di sofferenza.
>
> Daniil Ivanovič Juvačëv,
> *Sull'avvicinamento all'immortalità*

Ma qualcuno l'avrà poi raggiunta quest'immortalità? E la beatitudine? Credo che, semmai qualcuno ci è riuscito, sia anche giunto a quel punto in cui non si sente il bisogno di comunicarlo, non è necessario.

Diffido di tutti quelli che professano modi per arrivarci.

Dubito che, almeno in punto di morte, non abbiano titubato anch'essi.

Sono un debole, e questo non mi permette di sopportare, da lucido, me stesso e gli altri esseri umani. La loro venerazione per un sogno di felicità. Per le utopie. Quando mi sono reso conto che non potevo farci niente mi sono sentito impotente e non mi è restato altro che sfogarmi su me stesso.

Non credo nel bene. Non ne sono del tutto convinto ma mi sembra di non amarmi e di non riuscire più ad amare.

Dentro brucio e lo so solo io. Mi considerano pazzo. Quasi tutti. Dal canto mio, non riesco più a compiere atto alcuno senza sentirmi ridicolo. Senza ridere di me stesso.

Quando sto bene? Quando, indipendentemente da dove sono e con chi sono, non ho il pensiero di cosa dovrò fare dopo o l'idea di cosa mi farebbe stare meglio di come sto in quel momento. Nella maggior parte dei casi avviene quando dormo e non ho puntato la sveglia. Il resto delle volte sono perennemente angosciato dalle incombenze che il fatto di esser nato ha organizzato in combutta con il tempo, dal sopravvivere in maniera dignitosa e da quegli stralci di morale che mi porto attaccati alle Nike Air Max cucite da un bambino cinese che non hai mai preso in braccio. Perciò, le ore restanti: bevo.

Mi sono sempre vergognato, sentito in imbarazzo, sentito a disagio.

Mi sembrava che tutti sapessero qualcosa che non sapevo.

A volte, durante un discorso, provavo a dire la mia ma nessuno mi ascoltava e allora tenevo la mia lì, sulla punta della lingua, fino a quando il discorso non era giunto a un punto morto in cui avrei potuto dirla, la mia, ma non la dicevo più.

A volte, durante un discorso, provavo a dire la mia ma nessuno mi ascoltava e allora tenevo la mia lì, sulla punta della lingua, fino a quando il discorso non era giunto a un punto morto in cui avrei potuto dirla, la mia, ma non la dicevo più.

A volte, durante un discorso, provavo a dire la mia ma nessuno mi ascoltava e allora tenevo la mia lì, sulla punta della lingua, fino a quando il discorso non era giunto a un punto morto in cui avrei potuto dirla, la mia, ma non la dicevo più.

Mi vergogno di me stesso, e anche dei miei genitori e di tutti i miei parenti. Sono persone rispettabili per quel che può essere l'idea di rispettabilità che avete voi. Ma questo non è importante. Per i miei parenti e la vergogna che provo per loro non ci posso fare niente. Potrei ucciderli magari, ma non credo lo farò, non ho assolutamente voglia di pagare le conseguenze legali o morali del caso. Inoltre sono troppo poco impulsivo per fare qualcosa del genere. Non nego di aver pensato molte volte alla morte delle persone a me care. Le ho uccise diverse volte con il pensiero, ma solo con quello. Voglio molto bene, a mio modo, a quelle persone.

Sono il non essere che continua dannatamente a essere, come imbrigliato. Un essere-non essere rinchiuso in schemi occidentali.

Detesto quello che sono e allo stesso tempo per sopravvivere lo accetto.

Passo da vertigini di disperazione a precipizi di indifferenza in un equilibrio malato.

Sono un animo irrequieto, non riesco a godere degli attimi perché so che finiranno.

Nella mia testa si ripresentano di continuo fatti di un passato che non esiste più e proiezioni mentali di un futuro che non esiste ancora.

Esiste solo questo istante.

Accendo la tv. Una coppia di ricchioni cui un'altra coppia di ricchioni ha ricostruito la casa girano per le varie stanze della stessa guardandosi intorno mimando sorpresa e dicendo: «Wow è magnifico». Sono doppiati male.

La spengo.

Ieri sera sono uscito.

Ieri sera sono andato al bar.

La gente al bar si ubriaca per fare baldoria, io lo facevo per motivi diversi, non chiedetemi quali, non lo so.

Ho trovato tre amici, la cosa che abbiamo in comune è la droga.

Siamo andati a comprare la coca.

La coca mi piace ma spesso mi rende troppo lucido e logorroico, e io detesto essere lucido e logorroico, è un controsenso ma me la faccio lo stesso.

Assumo qualsiasi droga mi capiti.

All'inizio sembra sempre divertente, ci si entusiasma, a drogarsi.

Si fanno anche i chilometri per andare a prenderla.

Non si vede l'ora di assaggiarla.

Abbiamo passato quasi tutta la serata a girare per parcheggi a scaldare i cd.

Abbiamo parlato di noi stessi.

Poi abbiamo parlato degli altri.

Poi abbiamo parlato di lavoro.

Poi abbiamo riparlato di noi stessi.

Uno ha detto che ieri ha ficcato.

Io ho detto che l'ultima ragazza che frequentavo, un paio di giorni dopo che avevamo smesso di vederci, mi ha telefonato e mi ha detto: «Ieri ho scopato tutta la notte con Davide».

«E chi è Davide?»

«È uno che ce l'ha più grosso del tuo.»

«Mi fa piacere.»

Loro mi hanno preso un po' per il culo.

Io li ho lasciati fare.

Provo una gioia perversa nell'umiliarmi, figuriamoci per una cazzata del genere. Li farà sentire migliori.

La coca è finita, siamo andati a prelevare.

Abbiamo chiamato dei numeri utili ma a quell'ora non rispondeva più nessuno così l'abbiamo comprata dai marocchini che fanno h/24.

Era tagliata male.

Siamo andati a basare a casa di uno. L'abbiamo cucinata con l'ammoniaca: è uscita poca roba.

Si è aggiunto uno che faceva finta di essere lì per la compagnia, cercava di fare il simpatico ma si vedeva che era lì solo per la bottiglia. Ovviamente è uno di quelli che non mette mai soldi. Mi hanno detto che va in giro a citofonare ai conoscenti per chiedere prestiti. È una brutta cosa la scimmia.

Due di noi sono andati a prenderne altra.

Nessuno si divertiva più.

Fissavamo il piatto in attesa delle prossima botta.

Uno ha iniziato a perdere sangue dal naso e ha sporcato tutto il frollo, poi è andato in cucina a lavare la banconota con una spugna.

Quando è finita siamo rimasti tutti lì a guardarci in giro con gli occhi fluorescenti da gatti.

Poi ci siamo distesi sul divano o per terra e siamo rimasti lì, zitti con gli occhi sbarrati. Ogni tanto qualcuno diceva qualcosa per rompere il silenzio.

Non mi ricordo come sono arrivato a casa ma era quasi mattina e, appena sono entrato, ho aperto una bottiglia di vino e sono andato a bermela a letto. Dopo mi sono spostato in cucina perché non prendeva la connessione dello smartphone e mi sono segato con il cazzo moscissimo guardando un porno con una russa che diceva: «Da, da».

Non sono sicuro di essere venuto.

Toccare il fondo è una sensazione così intensa!

Non potrò mai più essere innocente.

Mai.

Sono impantanato.

Apro il sipario e recito ogni giorno la commedia della resurrezione, sempre più stanco. La sera metto in atto la tragedia della sepoltura, ricoprendomi di lattine o bottiglie di birra vuote e mozziconi di sigarette.

Tra i due atti? Lo strazio: la passeggiata in solitaria sull'abisso o il Truman Show.

Circondato dalla noia, sogno di volere e allo stesso tempo tutto quel che voglio mi appare privo di senso e di valore.

Inciamperò su me stesso, farò una giravolta e rovinerò al suolo.

Paf.
Hop, mi rialzo.
Procedo in ciabatte senza meta.
Verso di lì?
Verso di là?
Un io senza io.
La mia molla ha ceduto, come le mie barriere.
Tenuto insieme con lo spago.
Avverto la follia fino alle vertigini.
Sono completamente fatto, non riesco a parlare.
Queste le mie parole se mi incontri la sera.
Non riesco a seguire quel che dici, è il mio fantasma quello che mando in giro: la mia salma se preferisci.
Puoi vederlo nei miei occhi, due buchi neri.
Un peso enorme mi schiaccia il cervello.
Vago, vago, vago in cerca di respiro.
La luna è un pompelmo.
Biascico.
Litigo.
Batto i piedi.
C'è un pompelmo laggiù, nell'acqua del lago.
Mi riempio le tasche di sassi.
Mi affogo nella vodka e nel pompelmo.
Le mie lacrime.
Si ricomincia.

So essere una persona normale, se voglio: cammino dalla parte della strada dove c'è il sole in inverno e in quella all'ombra d'estate. Mantenere una sorta di normalità nelle cose della vita o agli occhi degli altri non è poi così difficile, lo faccio per non avere scocciature: basta pagare regolarmente le tasse e le bollette, dire di avere un lavoro, fare la revisione all'auto, rispettare la legge, le convenzioni sociali e il codice stradale, avere sempre con sé i documenti, andare a bere il caffè al bar, dire che si scopa, buongiorno e buonasera, prego e grazie, sorridere.

Poi, quando nessuno ti guarda, puoi anche infilarti nella doccia vestito, passare la domenica chiuso in un armadio, sederti sui formicai o contarti i capelli. Lo puoi fare ma son cose che vengono più difficili se c'è qualcuno in casa che ti vede. Rischieresti di turbarlo.

Certe volte ho pensato di simulare la pazzia, interpretarla al punto tale da riuscire a convincere gli altri che io lo sia realmente, simulare uno sguardo vacuo che farebbe esclamare: «Non è più lui, lo capisco dagli occhi!»

Osservare come si comporterebbero in questo caso gli altri con me.

La casa che ho ereditato dai nonni è abbastanza grande, su due piani. Io sto nell'appartamento di sopra. Mia sorella dovrebbe stare in quello di sotto ma si è trasferita a vivere in Australia, non si sa bene né per quanto né a far cosa, pare raccolga la frutta in qualche fattoria.

È molto simile a tutte le altre case che la circondano, edifici del Ventesimo secolo a due o tre piani con un piccolo orto, il vialetto pavimentato in porfido posato a opus incertum e un giardinetto sul retro. Le piastrelle interne simil veneziane, i termosifoni in ghisa, le tapparelle avvolgibili verde menta, dei mobili da vecchi, la cucina in formica.

Quando mi ci sono trasferito ho spostato quasi tutti i mobili in una stanza che tengo chiusa e ho ritinteggiato le pareti. Ho tenuto solo lo stretto necessario. Non la tengo molto pulita. Non me ne frega un cazzo della polvere.

Fino a qualche anno fa ci abitavano i nonni.

Non capivano più nulla, il loro declino era così terribile da diventare comico: non mi riconoscevano più, non si riconoscevano fra di loro, avevano smesso di lavarsi, di mangiare, cadevano a pezzi.

Io andavo a trovarli recitando la parte della persona compassionevole, ma dato che non erano più in grado di darmi la mancetta, unico e reale motivo per il quale andavo dai parenti, gli rubavo i soldi dai cassetti autoconvincendomi che sarebbero serviti più a me che a loro.

Nella mia testa si era formato come uno schermo che mi manteneva distaccato, insensibile.

Un giorno li abbiamo messi in ospizio, e qualche mese più tardi sono morti a distanza di una settimana l'uno dall'altra. Non credo se ne siano nemmeno resi conto. Non sono mai andato a fargli visita mentre erano chiusi lì dentro, non sono mai andato neanche al cimitero.

A pensarci dovrei farmi schifo ma non ci penso.

La nonna era un donnetta piccola di statura e molto chiara di carnagione, di corporatura media e grande petto. Aveva un gran testone a forma di fragola incorniciato da boccoli grigi e due occhietti glaciali, attenti e inquisitori, gli occhietti tipici dei grandi rettili carnivori del giurassico. Una malattia le aveva reso le mani gigantesche e deboli, e lo stesso i piedi. Vestiva sempre con degli abiti leggeri a fiori e indossava dei grembiuli per non sporcarsi durante le sue operazioni culinarie.

Da giovane dicono fosse una bella donna, molto ambita in paese e in quelli limitrofi. Mio nonno, un timido burbero che non sapeva come attaccare bottone con le ragazze, l'aveva conquistata sgonfiandole le ruote della bicicletta: lei si era guardata attorno in cerca di aiuto e lui, che aspettava da un'ora nascosto dietro a un angolo, a quel punto era arrivato fischiettando con una pompa per biciclette in mano, aiutando la signorina in difficoltà nella pratica di gonfiaggio. Così era riuscito a rompere il ghiaccio e successivamente a prenderla in sposa.

Mio nonno faceva il postino. Il giorno seguente al fatto della bicicletta era talmente emozionato e sovrappensiero che era rimasto incastrato con la borsa nelle sbarre del passaggio a livello del paese, che si erano sollevate di modo che lui era rimasto appeso là in cima come un pupazzo finché non lo avevano tirato giù con una scala. Io trovavo tutta questa vicenda stupida ma allo stesso tempo molto romantica e amavo farmela raccontare sia nella versione di lei sia in quella di lui.

La nonna passava giornate intere a cucinare. Cucinare le infondeva una gioia di altri tempi e non si metteva mai a mangiare fino a che tutti non erano stati serviti. La domenica spesso si andava a mangiare da loro.

Ci sedevamo attorno a un tavolaccio di legno al centro della sala, sembravamo i mangiatori di patate di Van Gogh. In quella stanza c'erano anche due vecchi divani a molle, piuttosto scomodi, e una grande credenza, una di quelle antiche, di legno scuro, con una pesantezza e degli intarsi che ora, nell'era del mobile svedese, non vanno più, piena di bicchieri e di piatti di diverse misure. I piatti e i bicchieri delle grandi occasioni. Piatti e bicchieri mai usati perché di grandi occasioni non ce ne sono mai state, o almeno, non così grandi da usare il servizio buono. Quel servizio veniva maniacalmente rimosso dalla credenza e lucidato ogni settimana. Veniva posato sul tavolo e ogni singolo pezzo era passato e strofinato con cura per mezzo di un panno. Dopo aver rimosso la polvere dalle mensole, prima con uno spolverino multicolore, poi con uno straccio umido, e dopo aver passato le vetrine con della carta di giornale bagnata d'acqua, ogni stoviglia veniva quindi riposta con amore al proprio posto: sempre lo stesso. Se durante quest'operazione un bicchiere si rompeva era una tragedia, mia nonna cambiava umore per tutta la giornata e rischiava di finire «a coltelli» con il primo che le rivolgeva la parola.

Quando la nonna non cucinava o puliva la credenza, passava il tempo a cucire e io mi accovacciavo vicino a lei, mettendomi i suoi ditali di ottone su tutte le dita della mano o aiutandola a infilare il filo nella cruna degli aghi.

Quella credenza e il tavolo con la macchina da cucire sono i primi mobili di cui mi sono sbarazzato.

Non vedo alcuna felicità nella vecchiaia.

Quando i miei genitori saranno vecchi ho paura che sarò incapace di prendermi cura di loro, nonostante tutta la volontà che potrei metterci.

Quando moriranno non so cosa proverò.

A pensarci mi sembra terribile.

A pensarci mi sembra indifferente.

A volte spero di crepare prima di loro.

D'altronde mettendomi al mondo avrebbero dovuto tenere in considerazione anche questa eventualità.

Sto diventando vecchio talmente tanto in fretta.

Dentro mi sento ancora un bambino.

Dentro mi sento un bambino vecchio.

Un bambino derubato di tutto.

Un bambino che non sa un cazzo.

Credo che chi dice di capirci qualcosa bluffa.

Ho sentito il citofono suonare e ho deciso di non rispondere. Non rispondo mai al citofono, non gradisco le visite a sorpresa, mi sento sempre impreparato, mi agitano. Specialmente quando sono nudo. Di nuovo il suono del citofono, il gemito di una capra che sta affogando, mi ha scosso le viscere e mi ha fatto alzare dal letto.

Gli antidolorifici non hanno fatto un grande effetto e nell'alzarmi ho sentito il cervello rimbalzarmi nella testa.

Mi odio. Perché proprio io devo essere così? Perché devo portare questa maledizione. Non potevo nascere persona semplice e moderata? O uomo d'azione? Meglio ancora, un animale: puro istinto. O pianta, un bell'ippocastano: in autunno fai un po' il matto e butti giù un paio di castagne. Perché ho vinto quella gara quel giorno? Una gara che non volevo vincere. Non potevo finire a seccare su un fazzoletto o nello scarico del cesso come tanti altri?

No, eccomi qui: nato, cresciuto e disadattato.

Mi sono guardato allo specchio. Nello specchio c'ero io. Quella faccia che ho visto invecchiare. Ho fatto un po' di smorfie. Ho fatto la mia espressione migliore da specchio. Ho tirato in dentro la pancia in un moto di orgoglio.

Poi ci ho rinunciato.

Sono andato alla finestra che dà sulla strada e ho spostato leggermente la tenda in modo da non essere visto da eventuali scocciatori.

Il tempo non è né bello né brutto, il colore dell'aria né chiaro né scuro. Il panorama è interrotto dalla casa di fronte che non mi permette di vedere l'orizzonte. C'è una fune per il bucato con stese delle mutande che mi arriverebbero alle ascelle. Ci staremmo dentro in tre in quelle mutande.

Vedo tre persone mingherline che camminano dentro lo stesso paio di mutande reggendole per l'elastico. Le seguo con lo sguardo mentre si avviano per la strada: ma è solo frutto della mia immaginazione.

Il campanile della chiesa batte sei rintocchi, ora so con precisione che ore sono: «La morte si nasconde negli orologi». Mi viene in mente questa frase che ho sentito da qualche parte. Mi piace.

Vado di là. Guardare la cucina è come guardarmi allo specchio: pentole sporche sui fornelli, una colonna di piattini da dessert usati per pippare impilati nel lavandino, vetri e lattine sparsi sul tavolo e sul pavimento, Lorella Cuccarini assente.

Ho deciso di scopare.

Una persona nuda che scopa in cucina.

Una persona nuda che scopa in cucina da sola.

Ho radunato i vetri in un angolo e li ho raccolti con la paletta. Ho lavato i piatti, le pentole, le padelle sporche e le ho messe sullo sgocciolatoio. Mi sono sentito stupido ma vedere un po' di ordine mi ha rasserenato e mi ha messo appetito.

Mi sono infilato un paio di stivali di gomma e sono andato a raccogliere i pomodori nell'orto con una cesta di vimini; ma poi li ho lasciati lì. Avevano un buon profumo. Avere un giardino e un orto comporta una certa dedizione e un certo impegno, cose che avevo avuto per un certo periodo, dopodiché avevo lasciato andare tutto a puttane ma mi era rimasta una pianta di pomodori.

Nonostante sospettassi che fosse vuoto ho aperto il frigorifero, che continuava a ronzare, e sono stato investito da una luce bianca che mi ha fatto rabbrividire.

Il frigorifero era vuoto ma non del tutto. C'era un barattolo di maionese aperto, immobile da mesi nel suo ruolo di barattolo di maionese che voleva essere consumato ma che invece è rimasto lì, agonizzante, e c'era anche una mozzarella che sarebbe scaduta domani; l'ho sollevata davanti agli occhi e, mentre la guardavo, ho pensato che da piccolo non ho mai visto o sentito i miei genitori fare l'amore.

Questa cosa deve avere influito in qualche modo sulla mia visione delle relazioni e della sessualità. Me li immagino in camera da letto, ognuno dalla sua parte. Poi spengono la luce e stanno lì con gli occhi aperti. Poi cercano il sonno e se gli va bene lo trovano.

Non so perché ma le mozzarelle mi ricordano le ovaie.

Sarebbe più logico lo facessero le uova, à la coque.

In ogni caso non ho mai visto delle ovaie se non in delle rappresentazioni sui libri di educazione sessuale.

Ho posato la mozzarella e ho aperto il freezer: una paella ai frutti di mare della Buitoni. L'ho buttata in una padella in cui avevo fatto scaldare, preventivamente, tre cucchiai d'olio, come da istruzioni. È molto semplice cucinare seguendo le istruzioni. Questo vale soprattutto per i surgelati: generalmente bastano una padella, due cucchiai d'olio e un fornello e i surgelati sia chiaro.

Ne ho mangiata metà e il resto l'ho buttata nel water, aiutandomi con la forchetta.

Non spendo molto per mangiare solitamente. Mi compro due buste di surgelati al giorno. Una per il pranzo e una per la cena. Spesa totale? Intorno ai 3 euro a pasto. Quando sono in forma vado a mangiare fuori. Spesa totale? Dai 10 ai 50 euro al giorno per due pasti.

Mi sono seduto sul divano. Immagini della mia vita continuano a riaffiorare come in punto di morte, come quando dicono che il film della tua vita ti scorre davanti agli occhi in un istante. Credo che in origine lo dicessero solo quelli che stavano per morire e poi non sono morti, ma si deve essere sparsa la voce.

Perché? A cosa servono i ricordi se non a rimpiangerli? Mi sto lasciando vincere dalla malinconia? Che cosa significa tutto ciò?

Lei mi dice, mi piacerebbe avere un figlio.
La nonna non risponde più al telefono.
Mio padre sfonda la porta del suo appartamento.
Sono solo, che cammino nel cimitero sprofondato in un angolo del paese, quando entra un uomo che accompagna una donna incinta.
Il suono della parola mamma fa il giro delle stanze vuote della casa di mia nonna.
Esco di fretta dal cimitero, prima che mi si avvicinino quell'uomo e quella donna.
Mio padre si sdraia sul letto, di fianco a mia madre.
Evito il contrasto tra quel ventre, la falsa promessa e quelle lapidi, la fine delle promesse.
Mi sdraio sul letto.
La ragazza che non è sdraiata di fianco a me vorrebbe ridere.
Mia madre non risponde più al telefono.
Sfondo la porta del suo appartamento.
Le stanze sono vuote.
Sento il suono dei miei passi che scendono le scale.
Salgo in macchina.
La donna che è seduta di fianco a me vorrebbe qualcosa.
Sul parabrezza vedo riflessi i nostri spettri.
Metto la retromarcia.

Mi sono alzato e ho fatto un giro intorno al tavolo in senso orario per farmi venire un'idea. Un'idea per distrarmi.

L'idea tardava a venire e ho continuato a girare intorno al tavolo con le braccia dietro alla schiena.

Mi sono fermato e ho appoggiato le mani e la testa contro la parete nella posizione per essere perquisito.

Ho picchiato ripetutamente la testa contro il muro per cercare di scuotere i pensieri.

In questo modo mi sono venute due idee.

La prima: Tornare a letto e aspettare di addormentarmi.

La seconda: Vestirmi, uscire e vedere se succede qualcosa.

Senza accorgermene indosso un abito scuro, camicia bianca, cravatta nera e, ai piedi, delle francesine testa di moro che non sapevo di avere. Sembra il vestito per il mio funerale, penso annodandomi la cravatta.

Sono uscito in strada, ho fatto qualche passo: ho guardato a destra, ho guardato a sinistra, non ricordo dove ho lasciato la macchina. Devo averla presa ieri sera. Sì, ricordo di averla presa. Ma dove l'ho parcheggiata?

Ho sentito lo stomaco gorgogliare e dell'acido salirmi fino in bocca. È una sensazione spiacevole, se dovessi dirlo a qualcuno direi che è una sensazione spiacevole. Com'è? Una sensazione spiacevole, guarda.

Sono rimasto immobile per qualche minuto perché mi sembrava di aver dimenticato qualche cosa. Una goccia di sudore mi è scesa lungo la fronte terminando la sua corsa dentro al mio occhio destro facendomelo strizzare. Il mio corpo secerne acidi, devo essere completamente marcio all'interno, organi in decomposizione: forse dovrei fare un check-up; no, meglio non sapere. Sono tornato verso casa e ho controllato se avevo chiuso la porta facendo pressione sulla maniglia: chiusa.

Ho provato di nuovo: chiusa.

Provo di nuovo: chiusa.

Devo essere schizzato.

Guardo in alto.

Il cielo bianco a una spanna dal naso.

Bianco come un foglio A4 ma più grande, bianco.

Scorre bianco come un ruscello di latte, il cielo, crepato dai rami di un albero morto.

Dunque se dovessi ritirare tre grammi me la farebbe a ottanta al grammo quindi duecentoquaranta tre grammi potrei dividerla in pezzi da zeroquattro a cinquanta se ne prendono uno e novanta se ne prendono due e arrivare a centossessanta per quattro l'importante è riuscire a tirarci su almeno i soldi investiti e avere da pippare gratis poi se becco qualcuno che li vuole sfusi meglio allora ne preparo sei da zeroquattro che sono sei per quattro due grammi e quattro se li vendo a cinquanta sono sei per cinque trecento e ci ho fatto sessanta euro puliti più uno zerosei per me quindi volendo posso venderne anche solo cinque che ci faccio duecentocinquanta quindi un deca di guadagno più una grammata per me sì ci può stare l'importante è non andare mai sotto i quaranta anche se è poco per questa che è la migliore che c'è in zona e poi mi servirebbe un bilancino magari posso provare a chiedere se mi presta il suo ma sarebbe meglio procurarsene uno è che se lo ordino su internet poi è rischioso devo trovare il modo di procurarmene uno sì se faccio così dovrebbe funzionare alla fine cinque sei pezzi da vendere in un weekend vuoi non trovarli e con la merda che c'è in giro gli offro il meglio cioè meglio uno zeroquattro di questa che uno zerosei di un marocchino che ti pippi il muro l'importante è che me ne rimane un po' per me ma non troppa che poi quando esagero schizzo e mi sembra che mi esca il cervello dalla testa e.

Mi sono fermato a comprare le sigarette al distributore automatico.

Inserire la tessera fino in fondo.

Ritirare la tessera.

La tessera è sporca di cocaina.

Acquisto abilitato.

Inserire le banconote e selezionare il prodotto.

Anche le banconote sono sporche di cocaina.

Ritirare il prodotto e l'eventuale resto.

Drogato.

D'improvviso come se un destino chirurgo mi avesse operato di una vecchia cecità con immediati grandi risultati, sollevo il capo, della mia anonima vita, verso la conoscenza nitida di come esisto. E vedo che tutto ciò che ho fatto, tutto ciò che ho pensato, tutto ciò che sono stato, è una specie di inganno e di follia. Mi meraviglio di non essere riuscito a vederlo. Mi stupisco di quello che sono stato, vedendo che alla fine non sono.

Fernando António Nogueira Pessoa,
Il libro dell'inquietudine

Cammino sotto un immenso lenzuolo bianco; all'orizzonte le colline diventano pian piano una pianura attraversata da autovie ipermercate e polverose, dove finiscono i prati e finiscono gli alberi.

Isterici armati di clacson, claudicanti semaforici e africane profumate al muschio bianco.

Gli insetti combattono fra loro.

I corvi nuotano sopra di me.

In centro il paese è in festa e mi disperdo nella folla.

Per le strade, inseguitori di promesse, oppressi dal peso delle proprie chimere avanzano ostinati, sprofondando nel terreno, sotto questo cielo di carta a nord di Milano.

Fermo, in mezzo alla via, mi scorrono attorno come un fiume a primavera assetati di eternità.

Pietra, osservo il loro affannarsi mentre vengo schiacciato dal piombo della mia indifferenza, più soffocante di tutti quei sogni.

ECCO COME SONO MORTO

Sono su un marciapiede che costeggia un corso d'acqua sporca.

Non riesco a capire dove.

Non so come ci sono arrivato, non ho ricordi fino a questo momento.

Fa un gran caldo, ma fa anche un gran freddo e ho una gran confusione in testa, come un'orgia di vermi aggrovigliati e pulsanti sui quali hanno gettato della calce viva.

Sono io?

Forse non sono io.

O sono io più vecchio?

Mi guardo le mani e c'è un cellulare che suona.

Provo a lanciarlo ma mi rimane incollato al palmo: è il mio capoufficio.

Rispondo e mi accorgo che non riesco a parlare.

Vedo i pensieri trasformarsi in parole che mi deragliano in gola come vagoni di un treno uscito dai binari, perdono ordine e logica, si mescolano come pezzi di un puzzle, trasformandosi in rantoli e fradici sospiri.

MMHGH!

EEHHEGH!

SCHHG!

È uno scherzo?

Faccio un passo in avanti e, invece, vado a destra.

Ne faccio un altro e vado a sinistra.

Non trovo l'equilibrio.

Non riesco a gestire il mio corpo.

È come se dei fili invisibili mi muovessero a zigzag.

Sembro una marionetta ubriaca.

Speriamo non mi veda nessuno, che già non ho una gran reputazione. Appare una trattoria, DA EDA, c'è scritto.

Riesco, in qualche modo, a entrarci per cercare aiuto.

Tre cameriere di mezza età, identiche e corpacciute, mi fissano ringhiose con facce da mastino.

«Ha con lei il curriculum?» chiedono alternandosi come Qui, Quo, Qua.

«Shahlmhoh hirhaghi eh Vhigh, ah no.»

«Versategli in testa dell'acqua Lete! Presto!» abbaiano immobilizzandomi.

OBLIO

BUIO

NERO

E...

Colpo di scena mai visto e sentito: SONO NEL MIO LETTO!

Però qui sta la novité.
Attenzione…
Adesso viene il bello…
’spetta…
’spetta…
La novité…
Adesso lo dico…
’spetta…
Non stavo sognando: MI SA CHE SONO MORTO!

SIPARIO
Cartello: APPALUSI
(nessuno si accorge dell’errore ortografico tranne un signore distinto, professore di grammatica alle elementari di via Solferino, che si sente intellettualmente superiore a tutta la sua cerchia di amici, perlopiù bidelli)

Eccomi qui, nel mio letto: credevo di sognare e invece probabilmente sono morto. Non mi era mai successo prima d’ora.
La stanza è buia.
Non riesco a muovermi.
Vorrei alzarmi e vedere se posso camminare.
Ma non riesco.
Non riesco a tirarmi su dal letto.
Sento qualcosa accovacciato sul petto.
Sta a vedere che è entrato il gatto dei vicini!
Invece guardo ed è la morte.

Non ci sono finestre che si spalancano, né brividi gelidi e nemmanco scheletri con falci e mantelli o magliette dei Sepultura.

Devo confessare che lo sospettavo.

La morte è invisibile ma pesantissima.

Anche se non la vedi lo sai che è lei.

È arrivata in silenzio, mi è salita sul petto e si è accovacciata lì, proprio come Atreiu, il gatto obeso dei vicini, che ti sale addosso e poi fa quelle mosse con le zampine.

Pesa sempre di più, e mi schiaccia la cassa toracica fino a togliermi il respiro; vorrei dire: «Cogiuda, di già? Proprio a trentatreanni come il Gesùchristian!?»

Ma non riesco.

Vorrei chiederle: «Ma è proprio sicura, scusi? Non è che ha sbagliato? C'è il mio vicino, qui di fianco, che ha una certa età, non sta troppo bene ed è anche un po' stronzo volendo vedere...»

Ma non riesco.

Vorrei dire una frase a effetto, una frase memorabile per i posteri.

Ma non riesco.

Tanto, non ci sono posteri a vegliarmi ma c'è solo il poster di *Genitori in blue jeans*, sulla parete, quindi: tanto vale non riuscirci. Vorrei piangere perché sto morendo o sono già morto e l'unica cosa che mi viene in mente è un'associazione posteri/poster: c'è veramente da vergognarsi.

Meno male che non lo sa nessuno.

Morire è per me una novité.

Sapevo di doverlo fare prima o poi ma non so bene come si fa: fare la morte non è come far l'amore la prima volta, che un minimo di idea te la sei fatta, ti coglie all'improvviso, sempre e comunque impreparato.

Sorge il sole e suona la sveglia.

Generalmente un incubo ma sento la pressione della morte sul petto che pian pian diminuisce.

Con un balzo felino, salto giù dal letto.

CAMMINO!

CAMMINO!

E adesso?

Son vivo, son morto o son resuscitato?

Di sicuro son spaventato e mi vien da vomitare.

Tutto sembra più o meno come ogni giorno.

Che la morte sia così?

Dovrò viver con il dubbio d'esser morto?

E adesso come faccio?

Così proprio non me l'aspettavo.

Pensavo di dover morire una volta soltanto e finita lì.

Esco in strada e c'è una vecchia pelata: «Mi scusi, è morta anche lei?» chiedo.

«Ma va via va! Drugàdelamadona! Tiè!»

Quindi non sono invisibile come Patrick Swayze.

Entro in farmacia.

«Credo di essere morto, non avreste qualcosa per la morte?»

«Prova in erboristeria, coglione!»

«Troppo lontana, e devo anche andare al lavoro! Pensa te, mi tocca lavorare anche da morto!»

Faccio il biglietto del treno, prendo un caffè e mi accendo una sigaretta. Tutto normale.

Arriva il treno e provo a saltar su senza aprir la porta.

Un cazzo.

Ora mi fa male pure il naso.

Ci sarà un modo per capire se sono morto! Una prova del nove.

Forse dovrei suicidarmi.

E se poi, invece, ero vivo? Non ho le palle.

È già buono che nessuno se ne è accorto e che non mi hanno sotterrato. Decido di far finta di niente.

E questa, finora, è la storia vera della mia morte.

IL PIERO CADE DAL BALCONE

Il Piero, un perito elettrotecnico, si alzò di buon'ora per andare a lavorare ma, nell'aprire il portone di casa, fu colpito in testa dal vaso del pero della signora Piera del quinto piano e dalla signora Piera stessa, che volò giù attaccata al pero e, insieme, ne perirono.

Uno scolaro ben pasciuto, il Luciano, che si avviava verso l'oratorio, non vide i corpi stesi sul selciato e vi inciampò. Cadde e si fratturò entrambi i polsi finendo proprio sopra a un regalino di Slip, il suo cucciolo di boxer, che giaceva agonizzante, da tutta la notte, al bordo della carreggiata, dopo essere stato investito da Candido, suo padre, il lattaio Carnini, che, nel tentativo di schivare l'animale, era uscito di strada e si era schiantato contro un palo elettrico, rimanendo paralizzato a vita dal collo in giù e togliendo la corrente alla macelleria dell'Attilio, da cui ora proveniva un puzzo infernale.

L'Elvis, il figlio rockabilly poco più che ventenne della Piera, aveva appena finito di ripulire il corpo del lattaio e stava per svignarsela ma, distrattamente, urtò con il ciuffo i cavi della corrente e morì carbonizzato.

Annamaria, una madre con poca pazienza, proprio in quel momento, all'interno di uno degli appartamenti lì di fronte, stava battendo con una pesante grolla Samuele, il figlio neonato che si era svegliato piangendo per il baccano.

Due omosessuali dichiarati che passavano di lì, ubriachi di caipiroske e abbracciati, il Davide e il Golia, ebbero da ridire fra loro, per: non ci è dato saperlo, e iniziarono a darsele di santa ragione fino a che quello che, secondo lui, aveva ragione, il Davide, trovò una pietra con cui sfondò il cranio del compagno. Poi ebbe un infartino e si accasciò a terra, tenendosi il petto e sgranando gli occhi alla Totò Schillaci e, forse, concedendosi la grazia con uno strozzato: «Perdhoono» accompagnato da una lagrima.

Un'anziana signora danese, che si era sporta dal davanzale della finestra del terzo piano allarmata dalla baruffa, stava intimando ai giovani omosessuali uno scandinavo: «Via di lì» quando il *Danish Butter Cookie* che stava inghiottendo le andò di traverso e morì soffocata.

Intanto il Loris uscì baldanzoso dal monolocale a pianterreno della sua amante e segretaria statunitense, la Lee, in Naracamicia e giacca sulla spalla tenuta con due dita, il cazzo ancora duro da Viagra che formava una vistosa canadese nei pantaloni misto lino e andò dal panettiere, l'Antonello, a comprare i cornetti, da portare a casa alla moglie ma trovò chiuso per lutto.

Un ragazzino, il Gianni, gli sputò in testa dal terzo piano: poi, ridendo, andò in camera sua dove don Costante, il prete del paese, in collarino ecclesiastico e perizoma fantasia, stava rifacendo il letto.

Io, tutto contento, uscii di casa con la mia ragazza, la Sandrona, che mi aveva detto che mi avrebbe mostrato qualcosa di interessante. La cosa interessante fu vedere lei che saliva in macchina e, senza dire be' se ne andava per sempre, scadendomi veramente come persona.

A quel punto tornai in casa e mi rimisi a dormire.

QUEL GIORNO DI UNA MATTINA E UN POMERIGGIO DA CANI

Devo fare un controllo di routine per poter guidare il muletto nella ditta in cui forse verrò assunto come magazziniere. È un lavoro che ho già fatto in passato e uno dei pochi per cui non serve una specializzazione tranne, appunto, questa nuova regola del patentino per l'uso del muletto.

Mi son svegliato presto per sbrigare in fretta la questione e ho raggiunto l'ambulatorio di Calolziocorte, vicino a Lecco: appuntamento alle 8, dice il biglietto.

Alle 7.30 son già lì e non c'è nessuno in fila: che fortuna, generalmente si subiscono code interminabili. Aspetto.

Alle 8 un'infermiera senza collo si affaccia da una porta a vetri e si guarda intorno; le fremono le narici e chiama: «Bartesaghi».

Bartesaghi non c'è e lei ritorna dentro.

Dopo una ventina di minuti spunta di nuovo: «Chiappetta».

Chiappetta è assente: ci sono solo io; provo a sventolare il mio biglietto per farmi notare ma lei finge di non vedermi e sparisce dietro la porta che sbatte facendo vibrare i vetri sottili e opachi.

Fa così per altri due o tre cognomi e quando rispondo all'appello sembra infastidita; alle 9.30 sono dentro.

Il dottore è di piccola statura: un dottorino. Pochi capelli, tutto sudato, il camice aperto e gli occhiali senza montatura.

Mi dà una provetta da riempire di piscio e mi indica il bagnetto in un angolo dello studio.

Quando torno con la provetta piena mi fa abbassare i pantaloni e mi fa appoggiare a un lettino; poi si allontana e va a trafficare con qualcosa su uno scaffale dietro di me.

Dopo qualche minuto in cui si è fatto silenzio, ruoto la testa sulla spalla per controllare la situazione e lo vedo accovacciato in un angolo con le ginocchia strette fra le braccia.

Mah! Penso e aspetto ancora un po'.

All'improvviso un suono di passi svelti, come se qualcuno stesse correndo, e il dottore è dietro di me.

Restando con il corpo alle mie spalle si sporge in avanti con la testa per cercare il mio sguardo.

A quel punto mi fissa.

«Sente qualcosa?» mi chiede.

«Sento due dita nel culo.»

«E adesso?»

«Adesso tre.»

«E adesso?»

«Sta facendo le ombre cinesi.»
«Quali?»
«Il coniglio e la beccaccia.»
«Bisognerebbe fare una biopsia.»
«Che cos'è?»
«Non lo so.»
«Fa piacere.»
«È mai stato all'estero?»
«Perché?»
«Così, per far conversazione.»
«Le ricordo che ho la sua mano nel culo.»
«Facciamo il numero del ventriloquo?»
«Magari la prossima volta.»
«Sembra tutto a posto qui dentro.»
«Sono una persona ordinata.»
«Le fa male se premo qui?»
«No.»
«E se premo qui?» chiede premendomi la punta del piede con il tacco.
«Un po'.«
«Le faccio un ritratto a carboncino per 10 euro.»
«Non vengo bene nei ritratti.»
«Per me può andare, si rivesta», afferma uscendo dal mio corpo. «Le faremo avere gli esiti», conclude.
«Savoldelli?» mi chiede l'infermiera.
«No.»
«Bartesaghi?» la sento chiamare mentre esco dalla sala d'aspetto che è ancora vuota.

La mia prostata sembra ok. Non so a cosa serva per poter guidare un muletto ma almeno sono tranquillo e posso continuare a versare lacrime di seme nei fazzoletti durante le notti di solitudine.

Mi è venuto appetito ed esco in cerca di un alimentari.

Ne trovo uno piccolino con la scritta: ARRIVI GIORNALIERI. QUI DA NOI SOLO ROBA FRESCA. SPECIALITÀ: CAPRINI.

La cosa mi convince ed entro.

«Dimmi.»

«Buongiorno a lei.»

«A lei chi?»

«Non importa. Vorrei del caprino.»

«Non ti ho mai visto.»

«Sì, abito a qualche chilometro da qui e non ero mai entrato in negozio...»

«Quante volte?»

«Cinque.»

«Togliti i pantaloni.»

«Come mai, scusi?»

«Svelto.»

«Va bene, ma guardi che posso pagare, ho un lavoro. Volendo posso anche fare un assegno.»

«Dammeli.»

«Ecco, scusi sono un po' stropicciati.»

«Anche le mutande.»

«Ecco. Scusi ancora, non pensavo di doverle...»

«Dammele.«
«È parente del dottore?»
«Cosa vuoi?»
«Vorrei del caprino.»
«Preferisci fresco o stagionato?»
«Penso che li prenderò entrambi.»
«Non puoi. O fresco o stagionato.»
«Allora mi dia quello fresco.»
«Non lo vendiamo.»
«Stagionato?»
«Non è stagione.»
«D'accordo. Allora posso riavere i miei vestiti?»
«Te li incarto?»
«No, porto via così.»
«Sono 17 euro e 90.»
«Eccone 20, tenga il resto.»
«Vuoi altro?»
«No, grazie, a posto così.»
«Grazie e torna a trovarci.»
«Grazie e arrivederci a lei.»
«A lei chi?»
«Non importa.»

Adesso ci si aspetterebbe un finale a sorpresa, una morale o una battuta divertente. Invece no.

Mi sono rivestito e ho guardato l'orologio: Le 12.12.

Incredibile, penso, quando guardo l'orologio vedo

spesso queste combinazioni! Le 22 e 22! Le 11 e 11! E, stavolta, le 12 e 12!

Di Calolziocorte e i suoi squilibrati ne ho avuto abbastanza e, siccome è una bella giornata, decido di andare al lago a passare il pomeriggio. Conosco un posto dove c'è un bar niente male sulla spiaggia dove posso mangiare qualcosa in tranquillità.

Abbadia Lariana (LC)

Guardo l'orologio: le 14 e 13. Aspetto venti secondi e lo riguardo: le 14 e 14. Incredibile! Anche questa volta!

Ho appena mangiato una caprese al bar.

Buona, un buon rapporto qualità-quantità-prezzo-cortesia.

Seduto su una sedia, modello «spiaggina», elasticata alla Upim quando lavoravo lì come magazziniere, osservo i germani reali nuotare placidi.

Come nozione ornitologica, a proposito dei germani reali, posso darvi l'informazione che il maschio è quello con la testa verde mentre la femmina è quella marrone che fa l'uovo, entrambi hanno il buco del culo e un paio di ali.

Potrei spendere un altro minuto per ricordare, senza doppi sensi e toccate di gomito, che gli uccelli maschi sono molto più colorati degli uccelli femmina, per attirarne l'attenzione durante il periodo dell'accoppiamento. E perdere ancora un po' di tempo, rischiando di annoiarvi, per dirvi che i germani reali mantengono la stessa formazione a freccia, durante la migrazione, nonostante vari imprevisti come potrebbero essere, ad esempio, un cacciatore o un vecchio biplano guidato da uomini tutti d'un pezzo ubriachi di amaro Montenegro.

Ma non lo farò.

Non lo farò perché ora la mia attenzione si è posata su una coppia di giovani distesi sull'asciugamano di fronte a me.

E perché è giunto il momento di interessarvi parlando di cazzo e di figa.

Lei, bionda, belle gianfranche strette in un bikini Tezenis, sorride deliziata da lui che le mostra, compiaciuto e ammiccante, una foto del proprio pene barzotto sull'iPad. Poi si prendono per mano e corrono in acqua entusiasti, con le loro ghiandole e i loro organi genitali carichi di smegma, avvolti in 80 per cento poliammide e 20 per cento elastan made in Sri Lanka, in una coreografia di germani reali promiscui che sbattono le ali a fil d'acqua starnazzando un trionfo d'amore in quella splendida cornice prealpina che è il lago di Lecco.

Un negro, sì, una persona di un colore diverso dal rosa, mi si avvicina e mi chiede: «Abhu dhidì?»

Non so cosa rispondergli.

Mi fa il cenno dell'orologio.

«Le 15 e 15», dico.

Qualsiasi ora sia, caro il mio viandante curioso, allo stesso tempo io amo e resto indifferente.

Lo smegma ribolle e alimenta le vite che scorrono intorno a me.

Io sto qui, seduto, con il mio orologio d'oro finto e le mie ossessioni di fuoco fatuo, in attesa che siano le 17 e 17 per andare a casa.

Vorrei perder la coscienza e tramutarmi in germano reale, in cavedano, in alga, in acqua, in… ma che te lo dico a fare?

Nessuna iniziativa ha importanza all'infuori della creazione e la distruzione del mondo stesso.

Berrettino, polo blu e sandali.

«Che televisione è?» si informa.

Ottenuta la risposta agita il pugno verso la telecamera e dice: «Ma che eroi ed eroi. Vergognatevi! I veri eroi siamo noi, che timbriamo il cartellino tutti i giorni!»

Poi scosta il microfono della giornalista.

«Non ho altro da aggiungere.»

Finito il breve intervento si allontana in mezzo a un moderato entusiasmo / accenno di applausi / pacche di consenso dei pochi presenti. Tiene la testa bassa, sprezzante degli sguardi di intesa, regalando di sé un'immagine che ostenta modestia e umiltà, sentimenti che ben si accompagnano alla frase appena pronunciata davanti alla telecamera.

Dice sottovoce: «Eh, quel che è giusto è giusto» (prima) e «Una volta per tutte» (poi).

Prende per mano la moglie e, insieme, si avviano verso casa.

Lei gli dice: «Ben detto, Franco. Sono orgogl...» ma

lui la ferma con un gesto della mano a significare: «È stata solo una sciocchezza, Rosa».

Lei lo prende sottobraccio, fiera. Cercherà di tornare sull'argomento un paio di volte, più tardi, ma riceverà in cambio sempre la stessa reazione. Giunti a casa, dal tinello chiamerà la figlia, la Giusy, e un paio di amiche iniziando la telefonata con dei diversivi per poi portare la discussione sull'intervento del marito del pomeriggio.

Lui è di là, in sala, in poltrona.

Nella sua mente (prima) l'immagine di se stesso che finisce il suo intervento e si allontana visto da un immaginario spettatore presente quel pomeriggio; (poi) immagini dei colleghi in ditta, che dopo averlo visto al Tg il lunedì in pausa pranzo si dicono: «E allora il Franco è andato lì e gli ha detto…» il tutto mentre lui, il Franco, portando alla bocca la forchetta scuoterà, modesto, il capo, a rinfrancare l'immagine che vuol rappresentare.

Dietro questa apparente facciata si sente contento di essere il portavoce di quelli come lui, la brava gente e, nonostante questo gli crei dei conflitti interiori e piccoli sensi di colpa verso la sua morale, è orgoglioso di essere momentaneamente apprezzato e diventato una piccola celebrità. La sua mente si spinge a fantasticare fino alla telefonata a casa da parte di una nota casa di produzione di format televisivi che lo vuole ospite a *Ballarò*.

Arriva l'ora di cena e il Franco e la Rosa sono seduti a tavola, in cucina, davanti all'apparecchio. Nonostante, solitamente, siano usi seguire il Tg5 la Rosa ha sintonizzato sulla Rai. Il Franco non dice niente, mangia la pastina e finge disinteresse. Un occhio attento potrebbe scorgere dell'ansia nelle falle di quella diga di indifferenza. Un'infermiera, ad esempio Sonia Caleffi, potrebbe, con il semplice tocco del polso, notare un leggero aumento del battito cardiaco in quel muro ricoperto di graffiti con su scritto «che vuoi che sia».

La cena finisce e finisce anche il telegiornale. Al Franco non va la frutta; la Rosa si sbuccia una mela. Del servizio nessuna traccia. Nessuno dei due dice niente. Silenzio. Qualcosa si spezza. L'illusione aggiunge il dis- davanti, l'aspettativa si trasforma in desolazione. La Rosa sparecchia la tavola e mette i piatti nel lavello. Il Franco va a sedersi sulla sedia di plastica bianca in terrazzo.

Bi-bip: un sms. È la Giusy. La Rosa inforca gli occhiali e, regolando la distanza focale, facendo su e giù con il cellulare in mano, trova quella giusta e lo legge: «Non ho visto papà. Era su Rai1, giusto?»

Decide di non rispondere.

Nello stesso istante, la sincronicità accende una fiammella di speme nei due, così diversi-così simili, cervelli: l'edizione notturna!

La Rosa lascia il televisore acceso su Rai1 per non destare sospetti e, nel frattempo, sgrana i piselli. Poi fa le parole crociate. Il Franco rimane per un po' sul terrazzo: si beve tre Fernet con ghiaccio sorseggiandoli lentamente e osserva il viavai di giovani al bar sotto casa. Ogni tanto scuote il capo per gli schiamazzi, infastidito dal rumore dei motorini. Poi rientra e se ne va in sala a guardare un programma di Gerry Scotti su Canale 5. Si sorprende a guardare spesso l'orologio sulla credenza.

È mezzanotte e mezza: il Franco lancia un'occhiata furtiva alla porta della sala, decide di alzarsi a socchiuderla, poi abbassa il volume del tv color Saba al minimo e gira su Rai1. Per tutta la durata del telegiornale rimane in piedi vicino alla porta. Anche la Rosa, di là in cucina, lo sta guardando. Ecco il servizio: si accende una fiamma di entusiasmo e commozione e gli occhi si illuminano di quel fuoco. Una telecamera immaginaria si stacca verso l'alto e, come se non ci fosse il tetto, abbiamo una visione completa dell'appartamento, un trilocale anni Sessanta.

Il servizio finisce, e anche il telegiornale: hanno tagliato l'intervento del Franco. La telecamera immaginaria torna sui due protagonisti: sul Franco, prima, e sulla Rosa, poi. Entrambi rimangono immobili per istanti che sembrano giorni.

Il Franco va a chiudere la portafinestra del terrazzo, si lava i denti, si guarda allo specchio e va a letto. La Rosa lava i piatti e aspetta un po' prima di raggiungerlo in camera. Un tempo non troppo sospetto.

Quella notte entrambi si addormentano con più difficoltà del solito. Quella notte dormono dandosi la schiena. Il giorno seguente ognuno si comporterà come se non fosse successo nulla.

In una sorta di tacito patto nessuno accennerà più all'episodio. La Giusy viene avvertita di non dire niente al papà, con la prudenza e il tatto tipici della Rosa.

Ogni tanto il Franco, quando i palazzi gli permettono di scorgere l'orizzonte, ricorda e rimane assente per qualche secondo. Poi continua a camminare.

LA PORTOGHESINA

Come stai, tutto bene?

Ah, tutto bene?

Mi fa piacere.

Sì, è libero, è libero, siediti pure.

No, non aspetto nessuno, tranquillo, accomodati.

Quanto tempo!

Sarà almeno un anno, fai anche uno e mezzo.

No, anche io grazie, la solita vita, la solita vita.

Ti trovo bene, per te gli anni sembrano non passare.

Come dici? Ti sembro dimagrito?

Sì, sai ho iniziato ad andare a correre.

Sì, ogni tanto... sai per buttar giù la pancia, tenermi un po' in linea.

Sei chili sì, sei chili.

Già.

Eh, non si può mica star sempre fermi.

Mens sana in corpore sana: latino.

Sto seguendo una dieta che ho letto su «Men's Health».

Sì, la rivista.

Eh, ogni tanto mi capita di comprarla.

Sì, ma una birra me la bevo volentieri; non dovrei che sono le tre di pomeriggio, ma uno strappo alla regola ogni tanto ci sta, no?

Quello che prendi tu. Una Menabrea media ambrata anch'io, grazie!

Hai visto come hanno rinnovato il bar?

Sì, han cambiato il bancone e le piastrelle, stessa gestione ma han dato una rinfrescata.

Più freschezza.

Già.

Sì, a me piace.

Dovresti vedere la nuova cameriera poi.

Attacca alle otto.

Gran figa.

Giovane.

Ci sto lavorando.

È un pezzo che non ti si vedeva da queste parti.

Eh sì, ti capisco, anche io, anche io, la crisi.

Erano altri tempi.

Si stava meglio, si usciva di più.

E la tua Inter?

Non parli più eh?

Ah, facile seguirla solo quando vince.

Non segui più il calcio?

Sì, sì come no…

Vedrai non appena ricominciate a rubare…

Sì, perché voi date dei ladri a noi ma siete voi i ladri eh…

E le registrazioni telefoniche? Vogliamo parlare delle registrazioni telefoniche?

Solo così potevate vincere.

In B dovete andare.

Ok, ok, sono tranquillo eh.

Sì, lo so che adesso convivi.

Già.

L'ho visto su Facebook.

Sì, ce l'ho anche io.

Sì.

Eh, ma non mi trovi mica eh.

Ho un nome in incognito io.

Mah, non lo apro mai.

Mi è capitato di vedere le foto con il computer della Manuela.

Ogni tanto mi capita di guardarlo, non è che sto lì tutto il giorno come fate voi.

Siete malati.

Mi fa piacere che sei andato a convivere, sono contento per te.

A proposito auguri, eh.

E com'è?

Com'è la vita in manette?

Ah, non so come fai. Un cavallo come te!

No, io no.

Io sono ancora sulla piazza.

Non mi ha ancora fregato nessuna, a me.

Eh, hai voglia a fregarmi.

Ce ne vuole a fregarmi, vecchio!
Sì, lo sai che a me piace divertirmi.
Sempre lo stesso buco, alla fine...
Siamo uomini, animali.
Gli animali mica si fan tutti 'sti problemi.
Il leone, prendi ad esempio il leone.
Il leone scopa 50-60 volte al giorno.
Mica sempre con la stessa.
Nooo.
Ho capito che non viviamo nella giungla, e poi il leone vive nella savana e non nella giungla, se è per questo.
Nooo.
Sì, ho capito ma vuoi mettere?
Manda le femmine a cacciare per il pranzo e lui poi... BAAM! Dentro tutto.
Mangia e chiava, chiava e mangia.
Sì, ok.
Roba di 2-3 minuti a botta, ma vuoi mettere?
Mica sta lì a pensare all'orgasmo della compagna o a far tante moine.
BAAM! Dentro, a secco, e sotto la prossima!
Che vuoi? Io mi sento un po' un leone nel mio piccolo.
Nooo! Non è che soffro di eiaculazione precoce!
Cosa ti salta in mente?
È che mi piace cambiare, tutto qui.
Senti questa...

Giacomo ha conosciuto su internet una ragazza, una ninfomane.

Madonna che troione!

Madonna mia!

Da non credere.

Senti che roba.

Allora, questa ragazza...

Sì... abbastanza carina dai...

Sui 22-23 anni...

Ascolta, ascolta!

Nooo! Questo giro lo offro io dai!

No! Non insistere che è da tanto che non ti vedo e...

Cosa vuol dire?

Nooo.

Va bene dai, ma il prossimo è il mio.

Sì, sempre media grazie, fai anche un rinforzino di grappa.

Sì.

Ti stavo dicendo, questa la devi proprio sentire.

Sarà stato... tre, quattro mesi fa: Giacomo la contatta su internet.

Non so dove le trova, ma sai che Giacomo queste ninfomani invasate le trova tutte.

Non so come fa e che siti guarda ma le trova tutte lui.

Che diavolo che non è!

Te la ricordi anche bistecca?

Sì, proprio quella.

Sì, proprio quella che faceva quello.
Bravo.
Bravooo.
Ecco, bistecca non è nulla a confronto.
Alien vs Predator.
Insomma c'è questa ragazza, 22-23 anni dicevo, carina, magra, seno piccolo ma, soprattutto, ninfomane.
Portoghesina è il suo nickname.
Il mio è Nick, l'ho scelto facile per non dimenticarmelo.
Era una battutaaa!
Sì è portoghese, nessuno sa il suo vero nome.
Lei dice Mariapija ma ci credo poco.
Battuta scontata.
Già.
Insomma Portoghesina è qui a studiare, dice.
A studiare i cazzi! dico io.
Dico bene? Una così cosa deve studiare?
Sì, magari è una di quelle tutta libri e sborra.
Quelle che quando entri in ufficio per fare una fotocopia te le immagini che si abbassano gli occhiali e ti guardano con quell'aria da «te lo prenderei in bocca tutto fino in gola! Fino alla radice!»
E allora, giù sulla fotocopiatrice!
No, a me non è mai successo, lo dicevo per esempio.
Si fa per dire!
Scusa, scusa un attimo.
'spetta, 'spetta eh.

Buongiorno signora!
Seee, sì tutto bene.
Sì, anche a casa tutto bene grazie.
Eh, no non arriva più la primavera quest'anno.
Come diceva il corvo?
Non può piovere per sempre? Eh, mi sa che si sbagliava.
Noo, non il corvo il barista.
Quello del film.
Va be', fa niente.
Grazie signora, anche a lei.
Seee, gliela saluto.
La ringrazio, sì anche a lei.
Buona giornata!
Arrivederci!
Vecchia rincoglionita.
Dov'eravamo?
Ah sì! Che è qui per studiare!
Giacomo la contatta.
Ah, prima le devi mandare una foto di te nudo, mi stavo dimenticando.
Vuole vedere prima come sei messo, ma è di bocca buona.
Le va bene un po' tutto insomma.
Allora Giacomo le manda la foto, e se le va bene Giacomo, insomma, ci siamo capiti.
Sì, Giacomo sta bene.
No, non lo so se ha ancora intenzione di aprire una piadineria.

Non me ne ha mai parlato.

Non so nulla di questa piadineria.

Ascolta.

Allora, si mettono d'accordo e tutto e lui va giù.

Abita vicino a Brescia 'sta qui.

Sì dai, qualche patatina per asciugare un po'.

Quelle al formaggio, prendi quelle al formaggio se ci sono.

Quella alla pancetta van bene lo stesso.

Dicevo: Brescia non è proprio dietro l'angolo ma tanto cos'hai di meglio da fare?

Sempre qui, sempre le stesse storie, le stesse facce.

Va be', prende la macchina, arriva giù e si fanno, come da accordi, uno squillino col telefono quando è fuori dalla porta.

Una via di casette a schiera, col giardinetto davanti.

Lei gli aveva detto di portarsi una pila.

Sì, una pila.

Sì, anche io ho chiesto: come una pila?

Sì, una pila, una torcia.

Pensa un po' che richiesta strana.

Giacomo comunque la pila ce l'ha nel telefono, quindi non si preoccupa più di tanto e va.

Arriva giù, fa lo squillo e dalla finestra lei gli fa due segni con la pila.

Non bisogna assolutamente suonare il campanello e bisogna andare giù, tassativamente, dopo mezzanotte.

Roba da matti, sì.

Allora lui risponde al segnale con la luce del telefonino e lei scende ad aprirgli.

Dai, va bene, facciamo un'altra birra o passiamo a qualcosa di più forte?

Un Camparino col bianco?

Veramente pensavo a un whisketto, ma se tu prendi Campari… facciamo Campari.

Tiriamo a campari come si dice!

Eh, eh, eh!

Il prossimo allora lo offro io.

Lei gli apre la porta, con questa faccia da matta, sai quegli occhi da… da… selvatici!

I capelli che sembra che si è appena svegliata, mica a posto quella lì… e bisogna salire le scale al buio, in silenzio.

Salta fuori che vive con il nonno e non bisogna svegliarlo.

Sì, hai capito giusto, proprio il nonno.

Sì, anche a me sembra assurdo.

Cosa ci fa una portoghese, che è qui a studiare, con il nonno?

Va be'.

Il nonno dorme in una stanza in fondo al corridoio e allora Giacomo la segue, sempre al buio, e vanno nella sua stanzetta.

No, non quella del nonno. Quella di Portoghesina.

Una stanzetta spoglia, pochi libri su una mensola, un lettino, una scrivania da due soldi, un cane di peluche. Allora… sigaretta?

Ah, hai smesso.

Mi fai compagnia, che continuiamo fuori?

Grazie.

Vai bene te, io proprio non riesco.

Ho provato eh, ma niente.

Un pacchetto e mezzo al giorno, come minimo.

Eh, lo so, lo so.

E i soldi poi, non è questione solo di salute!

Mi partono… vediamo, fai più o meno 5 euro a pacchetto, quindi 7 e mezzo al giorno, facciamo 7.

Per un mese…

Sì, bravo!

Siamo sui 280 euro al mese… fai anche fossero 250.

Porcodio.

Cioè sto spendendo 250 euro, quasi ¼ del mio stipendio, capisci? ¼ al mese per ammazzarmi, hai capito?

E il bello è che aumentano sempre.

Allo Stato, sì. Allo Stato… lasciam stare va! Lo Stato!

Ladri di merda! Ecco cosa sono!

Italia un cazzo! Italietta dico io!

Eh, non me lo dire va'.

Eh, lo so, lo so.

Con i fucili sarebbe da andare.

Sì, sì.

Altro che i forconi: coi lanciamissili!

Eh, ma finché non provi cos'è la fame… troppo comodo.

Tornando al discorso di prima.

Sì, se no mi bolle il sangue guarda.

Sì, lascia perdere.

Tornando al discorso di prima.

Sono lì, in silenzio, nella stanzetta, col nonno che dorme di là.

E chissà poi se è vero che c'è 'sto nonno...

Comunque...

Lei fredda come il ghiaccio, una professionista.

Non gliene frega niente di baci e carezze: cioè, Giacomo prova a baciarla ma lei lo respinge.

Niente baci, dice.

Sì, capito? Assurdo, no?

Mica è una troia a pagamento che sai già che non la baci!

Giacomo lo sai com'è poi.

Sì, ci manca poco che la prende a sberle.

No, con la coca ha smesso.

Così dice.

Lo sai tu? Lo sai?

Ascolta un po'.

Praticamente lei si inginocchia, gli slaccia i pantaloni, giù le mutande, se lo soppesa un po' in mano e inizia a succhiarlo. Ma con una voracità!

Ma devi vedere che roba!

Eh, ma te sei sposato ormai.

Eh, cosa vuoi capire?

Eh, hai voluto la bicicletta!?

Dicevo, con una voracità!

Hai presente gli scoiattoli quando si riempiono la bocca con le noci?

Come no?

Non hai mai visto uno scoiattolo?

Ok, dal vivo no.

Ma lo avrai visto in un documentario!

Va be', immagina uno scoiattolo: sai almeno come è fatto uno scoiattolo?

Cip & Ciop e via dicendo.

Ok, immagina uno scoiattolo che si mette in bocca due noci, con la bocca bella piena.

Sì, fanno così per trasportare il cibo nella tana.

Lo mettono via per l'inverno, fanno la scorta.

Ma che ti frega adesso? Cazzo! Guardati un video di Piero Angela!

Ecco 'sta qui si prende in bocca tutto come uno scoiattolo, anche le palle!

Ridi, ridi, non sai che roba!

Va be', era per fare un esempio lo scoiattolo!

No, lei non ha la coda e i dentoni.

Eh, ho capito che non è erotico lo scoiattolo!

Allora diciamo come che so... Belladonna o Sasha Grey. Le pornostar.

Ah, quelle le conosci, le conosci eh!

Segaiolo che non sei altro!

Come minimo sarai sempre lì a frustarti il serpente su YouPorn, lo so io!

Come no, come no.

Eh, ma non c'è bisogno che ti giustifichi con me! Lo so come vanno le cose…

I primi mesi giù a scopare come ricci, come se non ci fosse un domani.

A innalzare altarini e tempietti votivi alla figa, a trombare in ogni angolo di casa, ogni istante si accende la fiamma.

Nei bagni del ristorante, in ascensore, al parco, nella doccia, in macchina e gnick e gnick e gnick e ciak e ciak e ciak e paff e paff e paff e auff e auff e auff.

Ok, ok hai capito.

Poi sempre meno, sempre meno, la fiamma va spegnendosi, come quando regoli la fiammella azzurra dei fornelli da max a min per non far bruciare il sugo.

Si va a convivere, si fa quella ciulatina ogni tanto, giusto per dovere coniugale, giusto per svuotare le palle… e te la trovi che gira per casa, sciatta, con la tuta, l'alito da gatto… ma chi te lo fa fare?

Sì, va bene! Non sarà sempre così, ma non venire a dirmi che nel 90 per cento dei casi non è così!

E va be', tu allora sei nel fortunato 10 per cento.

Ma il restante 90 per cento?

Nove su dieci, capisci?

Lascia stare va'.

E quella ingrassa, ha sempre più pretese, non fa che lamentarsi, te la dà sempre meno…

E anche a te… diciamocelo… un po' ti passa anche a te la voglia di chiavartela una cagacazzi del genere!

Eh, seee… vedrai, vedrai.

Ma daii…

Che poi… la roba che devi entrare in bagno e magari lei ha appena cagato… cioè non vorrai dirmi che sentire l'odore della merda della tua donna non ti fa ammosciare il cazzo!?

Tutta che vuole fare la perbenina, la rosellina e poi è lì sulla tazza che spinge e spinge e sembra di essere a Fukushima.

O alzi per sbaglio le lenzuola di notte mentre lei crede che tu stia dormendo e, birichina, ne ha buttata una: non ti viene un conato di vomito?

Poveriiina, si è sentita poco bene… ma dai!

Non siamo fatti per convivere, è antisesso.

Ok, ok… mi fa piacere che a te vada ancora bene, cosa credi? Che non sono contento per te?

Ma certo che mi fa piacere!

Ma dai, non ti alterare, stai tranquillo! Cazzo!

Cos'è? Ho colpito nel segno per caso?

Io parlavo degli altri, mica del tuo caso specifico.

Seee, seee… finisce sempre che non ne puoi più!

O rinunci alla figa per sempre o chiudi gli occhi, prendi fiato, e ti scopi quella cosa che è diventata tua moglie o vai a puttane ogni venerdì o ti fai l'amante o ti rovini di seghe guardando i porno su internet di giovani troie vogliose… Ah! E quanto sono troie e quanto sono vogliose!

Eh, di' di no…

Dai… che sei lì a smanettarti su Youjizz mentre quel coso con una forma indefinita di tua moglie è svaccata sul divano a guardare *Masterchef* e fantastica di essere sodomizzata su un tagliere da quel maricón di Carlo Cracco…

Ah! Anche la tua lo guarda, eh?

E vedi che non sono andato poi tanto lontano…

E che c'entra se preferisce Bastianich?

Ma è uguale! Cazzo!

Sogna comunque di farsi farcire il culo con una sac à poche da uno di quei rincoglioniti!

No… allora la tua…

No… lei è diversa…

Va b…

Va bene, come no.

Fatto sta che molto probabilmente la tua storia finirà in una delle ipotesi che ti ho elencato e allora verrai da me a piangere… e sai io cosa ti dirò?

Ti dir…

No, dai… su dai!

Non fare cos…

Ma no, dai!

Il vostro è diverso, è vero amore.

Siete fortunati voi, una coppia invidiabile.

Ho detto VERRAI a piangere, non devi piangere adesso, cazzo!

E dai… scherzavo, dai scherzavo.

Sì, beviamoci sopra… io prendo un whisky 'sta volta.

Fai un Laphroaig con un bicchiere d'acqua e ghiaccio a parte, grazie.

Comunque... siamo rimasti che lei glielo sta prendendo in bocca tutto.

Dimenticati lo scoiattolo!

Come una pornostar invasata avevamo detto.

Il tutto in penombra e in silenzio che, se no, il nonno si sveglia.

Aspetta...

Sì, pronto?

Sì, sono io, mi dica.

Noo, senta non mi interessa.

Le ho già detto di no!

No guardi, è inutile che vada avanti.

Sono già a posto così.

Sì, sì, la ringrazio.

Arrivederci.

Ma vaffanculo va'!

Era un certo Federico di Enerxenia, uno di quelli che cercano di farti cambiare compagnia del gas.

Lo so, lo so devono lavorare anche loro, ma hanno rotto i coglioni!

E basta cazzo!

Non si può star tranquilli neanche a bere una birra con un amico!

Sì, è il 5.

No, l'ho preso col contratto.

Tre, hanno le tariffe migliori.

No, no, a me prende.

Sì d'accordo se vai in montagna non prende.

Ma va be', mica devo andare in montagna a telefonare, scusa!

Ma perché dovrei perdermi in montagna se l'unica volta l'anno che vado in montagna vado a Bormio che è pieno di gente?

Sì, aspetta… ecco vedi? Fa la foto tipo grandangolo.

Muovilo pian piano… nooo… bravo, così!

Eh, è venuta sfuocata perché ti sei mosso troppo velocemente.

Sì, mi trovo bene.

Guarda, guarda… 'spetta eh… 'spetta…

La vedi questa qua in foto?

Sì, quella di destra.

No, non quella!

Quella sembra una scimmia.

La bionda che sorride.

Figa, eh?

Me la sono chiavata.

Bona, eh?

Sì, gran chiavata… poi ti racconto.

Allora, lei gli sta facendo il pompino.

Roba da paura.

A un certo punto lui la prende, le alza la gonna e… non ha le mutande.

La mette giù a novanta e fa per metterglielo ma lei lo ferma e dice: «No, che sono vergine!»

No, che sono vergine!
Capito!?
Ma come sei vergine!? pensa lui.
Metti gli annunci, manco mi dici ciao che ce l'hai tra le fauci e poi… sei vergine!?
'spetta, 'spetta… qui sta il bello!
Intende dire: son vergine nella figa… ma mettimelo nel culo!
Nel culo, capito!?
Cioè, 'sta matta è vergine in figa e si fa sfondare il culo dalla gente che recupera su internet!
Va che la gente non è mica a posto, eh.
A parte che, dopo aver sentito di quelli che si infilano i criceti nel culo, non so più che cosa pensare.
Sì, sì, proprio i criceti.
I criceti almeno sai cosa sono?
Eh, menomale va'.
Va be', se proprio la vuoi sapere…
Insomma c'è della gente…
No, di persona non ne conosco nessuno, ma un mio amico conosce uno che glielo ha raccontato.
Il fratello di un suo amico.
Insomma 'sta gente, o meglio 'sti pervertiti ordinano questo kit online.
Già.
Da quando c'è internet la gente può dar sfogo alle proprie perversioni più perverse…
Eh, cosa vuoi? Un tempo dovevi per forza entrare nei sexy shop e sai…

Dovevi metterci la faccia, insomma... magari qualcuno ti vede entrare e via dicendo... con internet, problema risolto.

Scatola anonima, paghi al fattorino.

Una bella comodità!

Praticamente ti mandano a casa questa scatoletta forata con dentro un criceto a cui sono stati tagliati i dentini e le unghie e un tubo trasparente.

Sì, certo, te lo puoi fare anche a casa.

Prendi un tubo da idraulico o un tubo di cartone dello Scottex.

Ma vuoi mettere lo sbattimento di dover tagliare i dentini e le unghie al criceto?

Cioè, rischi di ammazzarlo 'sto animale.

Io non ce la farei ...

Madonna mia, ma sei un sadico!

Tu, praticamente, ti infili questo tubo nel culo con dentro il criceto e lo tappi dall'altra parte.

Con la mano... o forse c'è un tappo.

Eh, non lo so, si metteranno un po' di vaselina o qualche crema perdio!

Il criceto, non trovando altre vie d'uscita, inizia a camminarti su per il buco del culo e... insomma dicono che sia una cosa pazzesca.

No, ovvio che io non proverei mai, ma sei matto!?

Non sono mica frocio... era per dire no?

Me lo hai chiesto tu che cazzo ci fanno con quel criceto.

No che non l'ho provato!

Razza di maniaco.

Senti, vaffanculo amico, mi vuoi stare a sentire?

Mi fai finire 'sta storia o no?

Ohhh.

Allora Portoghesina insomma dice di essere vergine, ma ti rendi conto?

La troia lusitana si fa scopare nel culo ma è vergine.

Come se vergine significasse solamente non averlo mai preso in figa.

Ma che senso ha?

Dev'essere completamente pazza la ragazza.

Cioè, se mi fai scopare dietro fammi scopare anche davanti, no?

No, davanti no?

Cioè, mi prendi Rai2 ma non ricevi Rai1? Che senso ha?

No, no che non lo pago il canone Rai.

Ci mancherebbe... e chi la guarda la Rai?

Che vengano a casa mia a provarlo.

E smettila di interrompermi.

NON SI SA PER QUALE STRANA CONVINZIONE MEDIEVALE O RELIGIOSA, LA RAGAZZA, LA SUA PASSERINA, SE LA TENESSE COSÌ STRETTA! HAI 23 ANNI, CAZZO! ABBIAMO PASSATO IL 2000, CAZZO! CHI CAZZO GUARDA PIÙ SE HAI IL CAZZO DI IMENE ANCORA LÌ BELLO INTEGRO E IMMACOLATO! MA CHI CAZZO LO HA MAI VISTO UN IMENE!

Oh, scusa sì, hai ragione, abbasso la voce.

Chi cazzo guarda più se hai l'imene o no!?

Viviamo in una società in cui le dodicenni bevono sperma all'intervallo, invece del cazzo di Estathé, e questa portoghese del cazzo si preoccupa dell'incorruttibilità del suo cazzo di imene!

E poi, diciamocela tutta. Ho letto da qualche parte che l'imene, volendo, te lo puoi far ricostruire con le moderne tecniche di chirurgia plastica… se proprio ci tieni ad averlo!

MA IO DICO, COSA PENSA? CHE IL POVERACCIO CHE SE LA SPOSERÀ NON SI ACCORGA DI QUANTO È MIGNOTTA? CHE NON SI ACCORGA CHE SUA MOGLIE HA UN CRATERE AL POSTO DEL BUCO DEL CULO? CHE CAMMINA A GAMBE LARGHE TANTI SONO I CHILOMETRI DI CAZZI CHE SI È PRESA NEL CULO? A QUELLA GLI STRONZI GLI PASSANO ANCHE IN ORIZZONTALE, TE LO DICO IO!

Sì, hai ragione. Abbasso la voce.

È che mi infervoro, cazzo.

Cioè, figa, quella è un pellicano… ti prendi in bocca tre cazzi alla volta e non vuoi fartelo sbattere in figa?

E 'sto nonno poi, che dorme di là, ma ti rendi conto?

Sì, scusa, scusa. Non sapevo ti desse fastidio essere toccato.

Eh, ma come siamo permalosi!

Ma qui viene veramente il bello!

Giacomo… sai com'è Giacomo, quello è pervertito quanto Portoghesina se non di più!

Giacomo continua ad andar giù a troncarglielo in culo… e una, e due, e tre, e quattro volte e lei gli chiede se ha degli amici da portare.

Capito?

Uno non le basta!

Vuole anche il cazzo degli amici 'sta zozza!

E Giacomo cosa fa? Va giù con Daniele, che non se lo fa certo ripetere due volte! E una e due e tre volte e quella ne vuole ancora. Ne vuole di più!

Ah, e nel frattempo se lo fa mettere pure in figa… contro le sue leggi morali!

Come se avessimo creduto alla storia della verginella!

Oddio, magari era pure vera… certo è che con quel temperamento! Con quella foga!

Era scontato che con due, tre uomini alla volta in camera, non avrebbe resistito a lungo.

E allora Giacomo diventa una specie di pierre della ragazza, organizza incontri di gruppo, macchinate, capisci?

Ah, ma tu sei sposato ormai, vivi nel tuo Mulino Bianco… cosa vuoi sapere.

Macchine di gente che si ritrova… come quando andavamo con il CAI ti ricordi?

Solo che non si va in Valtellina, si va giù a Brescia tutti insieme o ci si dà appuntamento lì sotto.

Sette, otto, dieci persone, e sempre la stessa storia: la pila alla finestra, il buio, in silenzio, il nonno.

E certo che lo ha chiesto anche e me di andare giù.

Cosa sono, l'ultimo scemo secondo te?

Vado giù settimana prossima.

Me lo aveva chiesto, ma per ora non ho ancora potuto.

Ho avuto degli impegni.

Dovevo andare con l'Alberto, il Daniele, Giacomo e altri tre che aveva contattato su internet.

E com'è?

Eh, com'è!

È da provare...

Guarda, anzitutto, in quella stanza c'è una puzza di vongole... di pesce che...

Non ti dico guarda, un odore di cazzi che fa paura.

Certo che si mettono il goldone, ma sei matto?

E per forza no? Ci mancherebbe altro... con quel cimitero di cazzi.

Allora, la volta che dovevo andare giù che non ho potuto per via di un impegno c'erano: il Dani col suo cazzone, Giacomo e l'Alby che non è riuscito a farselo venire duro.

Sì, non gli tirava, poveraccio!

Che figura di merda!

E gli altri lì a consolarlo a dargli pacche sulle spalle e a dirgli che può succedere...

Ma daii! Che sfigato!

Ah, anche tu non sai se ci riusciresti?

Ma allora non ti piace la figa, eh.

Ma daii!

Come cosa vuol dire, scusa?

È il sogno di ogni uomo sodomizzare una cagna del genere!

Ah, il tuo no.

Adesso vuoi farmi credere che a te non piacerebbe!?

Ma che ti frega degli altri che sono lì con le chiappe strette tutti sudati, scusa?

Ma noo, ma non ci devi pensare!

Tu devi focalizzare il tuo obiettivo sulla figa! Visualize FIGA!

Ma sì che ci riusciresti! Che maschio sei se no?

Cioè, allora... sono tutti lì, più questi altri tre che chissà chi cazzo sono?

Mi han detto i nomi ma non me li ricordo... non è che son stati lì a far conoscenza e a chiedersi cosa ne pensavano del nuovo governo... figa!

Lì così, in cerchio, e la portoghese in mezzo, nuda, che saltava da un cazzo all'altro.

E giù culo, bocca, figa, culo, mano, figa, bocca.

Da paura.

Cioè, è una cosa che devi provare assolutamente.

Ma no, ma che schifo e schi...

Va be', ma che ti frega se ha appena preso in bocca un altro cazzo? Poi te lo lavi, scusa.

E poi figurati se non ti è mai capitato... in discoteca

o che so di limonarti una che, prima, magari, aveva preso in bocca il cazzo di un altro! Con la bocca, allora, è peggio ancora!

Magari gli aveva pure sborrato in bocca.

Ma come cosa sto dicendo?

Allora tu, puoi dirmi che hai la certezza che non sia mai successo?

E allora lo vedi che ho ragione.

Scusa, ma il prossimo tour perché non vieni giù anche tu a provare?

Settimana prossima, ci sono anch'io.

Basta che senti Giacomo.

Ma sì che te la senti, non fare il timido.

Ma no che la Franca non viene a sapere niente.

Sei per caso diventato frocio?

No, perché se sei diventato frocio basta che me lo dici.

Non ho nulla contro i froci... non ho amici froci ma non ho nulla contro i froci.

Finché non mi toccano non ho assolutamente problemi.

Come perché dovrebbero toccarmi?

E mi fai anche questa domanda?

Quelli sono dei pervertiti, devi stare attento... basta che ti giri un attimo e HOP, te lo buttano al culo.

È un attimo, una distrazione e ce l'hai nel culo.

Vuoi che mi vada a sedere a un altro tavolo?

No, basta che me lo dici... se ti danno fastidio gli eterosessuali basta dirlo, eh!

EHI GENTE! QUI C'È QUALCUNO CHE HA DEI PROBLEMI CON GLI ETEROSESSUALI! ECCO PERCHÉ NON TI SI VEDEVA PIÙ IN GIRO, EH? TI VERGOGNAVI, CAZZO DI RICCHIONE! ALTRO CHE MATRIMONIO... E CHI L'HA MAI VISTA 'STA FRANCA!?

NO, NON ABBASSO LA VOCE!

E SMETTILA DI GUARDARMI CON QUEGLI OCCHIONI DA CERBIATTINO IN CALORE... MIO DIO!

Cos'hai? Sei eccitato? Eh? Ce l'hai duro?

Ti piacerebbe succhiarmelo, eh?

Razza di pervertito maniaco spingimerda.

O forse sono troppo vecchio per te?

Tu sei uno di quei pederasti che lo succhiano ai ragazzini!?

EHI, ATTENZIONE! TENETE LONTANI I VOSTRI BAMBINI DA QUEST'UOMO!

Ah, ma l'ho sempre sospettato io! È inutile che neghi l'evidenza!

Sai cosa ti dico? Mi hai stancato!

Sì, mi hai stancato signor so tutto io.

Sai cosa ti dico? Vaffanculo!

VAFFANCULO FROCIO PEDOFILO DEL CAZZO!

DUE STRANI CASI CHE NON HANNO NULLA A CHE VEDERE TRA DI LORO (TRANNE LA MORTE)

Il drammatiko kaso di Down Jones

Su Facebook ci sono più di 30 milioni di profili di gente morta.

Andata.

Sotterrata.

Tutti gli altri, che si credono vivi, sono inconsapevolmente morti anch'essi e ci tengono a dire la loro opinione sull'IVA al 27 per cento in Ungheria, ad esempio.

Gente che la sa lunga.

Gente che: «Eh, no eh. Adesso devo proprio scriverne una su Facebook. Adesso mi sentono!»

Il giovane ragazzo, Down Jones, aveva kapito ke nella vita, al giorno d'oggi, se vuoi essere considerato qualkuno un minimo interessante e kuindi di konseguenza riuscire magari ad adoperare l'apparato riproduttivo, dovevi mettere ogni tanto su Facebook delle foto di te stesso che esegue qualkosa di prestigioso in una lokalità prestigiosa e akkompagnare la foto kon una frase a effetto suddivisa da dei #kancelletti#.

Kosì, vendette il suo kappotto, i pantaloni e le skarpe e andò dal parrucchiere a farsi il ciuffo, poi si recò a komprarsi un kostume slip bianco da Tezenis, le infradedo kon la bandiera del Brasile e, non potendosi permettere il traghetto per Porto Cervo, acquistò il biglietto dell'interregionale delle 9.27 per Cervo, vicino a Imperia.

Se riesko a farmi fotografare kon la prospettiva giusta, vicino al kartello, nessuno si akkorgerà della differenza, pensò.

Pensò anke (due punti) sono veramente in gamba a parlare tra (virgola) me e me (virgola) usando la punteggiatura korretta (punto) Kuesto mi aiuterà con la figa intellettuale(punto)

Vagò furtivo per tutta la cittadina e, non trovando da nessuna parte la Belve o il DomPe, riuscì a reperire, dal sekkio del vetro di una bocciofila, una bottiglia vuota di vodka Uodka e una di spumante Augury.

Le sfumerò kon Instagram, kosì nessuno si akkorgerà della differenza, pensò strofinandosi le mani per la trovata.

Nella sua mente: vagy di varie misure e kolori, dotate di ali da farfalla, gli svolazzavano attorno bramose del suo kotiledone. #Livilavidaloca#Porto cer vo#Diskoteca#Bollicine#Shampoo#Belli&Dannati #Divertirsi#

La foto era fatta e postata.

Per giorni rimase akkucciato come un puma in attesa di una notifika ma: nulla.

Provò la teknika della rikondivisione, in kaso fosse sfuggita alla vista dei suoi kontatti.

Provò a kommentare la foto con un: La noia non fa parte del mio kurrikulum.

Provò anke a mettersi un auto-mipiace per attirare l'attenzione di tutta kuella gente ke stava skorrendo la home-page dal proprio smartphone. Provò, infine, a modifikare la privacy in: Pubblika.

Nulla. La foto non ebbe il successo sperato.

Dopo due settimane solo un «Mi piace» da una kasa farmaceutica di Viagra cinese.

Arrivò l'inverno e il giovane Jones, che potea koprirsi solo kon lo slip bianco e le infradedo, tirò le kuoia per ipotermia. Il giorno stesso arrivarono i «Mi piace», le kondivisioni della foto e le belle parole, ma lui non lo seppe mai.

In kuesto esempio viene soppesato, tramite un apposito bilancino Rowenta, kome la morte, nella vita e su Facebook, è kosa più certa delle apparenze ma non aiuta lo stesso a skopare.

L'inspiegabile caso di Rio Mario

L'Alto Adige è la regione italiana con il più alto tasso di suicidi (fonte: uno che non mi ricordo il nome al bar, oggi, mentre prendevo il cappuccio).

L'ultimogenito della famiglia Mario, Rio, se ne stava su un sasso vicino a una pozza con una cascatella, in riva al ruscello, sdraiato su un fianco, come un antico romano, nonostante fosse un moderno brianzolo di Osnago in vacanza in Alto Adige con tutta la famiglia.

A pranzo aveva mangiato il risotto con i finferli.

Buono?

Molto.

Rio era stato definito dalla proprietaria della locanda, che ospitava lui e la sua famiglia con la formula colazione+mezza pensione, come uno che «gli piace di manciare» e gli aveva fornito, da portare giù al fiume per fare una bella merenda, 2 paninetti con lo Speck e 1 un po' più grande con il Praga.

A cena avrebbe mangiato il cerviatto.

Fatto sta che ora era lì, su un sasso, tranzollo.

Il suono della cascata era molto rilassante e la temperatura perfetta, essendo luglio.

Trasportato dalla corrente, il cadavere di uno dei suoi cinque fratelli, di nome Oriu, con un PLUF scivolò giù dalla cascatella e rimase a galleggiare nella pozza.

Rio, che era ancora sdraiato su un fianco e aveva scartato, dalla pellicola di domopak che lo ricopriva, uno dei due panini allo speck e stava per addentarlo, si sorprese. Dopo un paio di minuti, lo stupore stava per dissolversi dai pensieri di Rio in persona che: PLUF. Ecco che cade in acqua anche il cadavere di un altro suo fratello: Chen.

Che cosa curiosa! Pensò Rio avvicinandosi l'indice e il pollice al mento.

Non fece in tempo a pensare a una parola che potesse descrivere questa situazione che: PLUF. PLUF. PLUF.

Ecco anche i corpi degli altri suoi fratelli.

Cinque corpi che galleggiavano nella pozza davanti agli occhi di Rio: celesti, espressivi, con un bel taglio, appena coperti da delle deliziose ciocche di capelli castano chiaro, un po' alla Leonardo Di Caprio in *Titanic*. Occhi svegli che eseguirono un rapido ritratto della situazione risultando allo stesso tempo intelligenti e molto molto sexy.

E PLUF.

Il cadavere della mamma.

PLUF. Il babbo.

PLUF. Una sua zia ricca.

PLUF-PLUF. I nonni.

PLUF. Suo cugino Maurizy.

PLUF. Suo nipote down in carrozzina.

Dopo diversi altri PLUF la pozza fu piena dei corpi dei familiari di Rio che galleggiavano, chi supino, chi no, chi facente parte del ramo paterno, Mario, chi di quello materno, Cavallo.

Chi? Chi? Chi? Chi?

Galleggiavano sulla frizzante superficie del torrente.

Rio fece per contarli ma erano troppi e continuavano a ruotare, mescolandosi per via della corrente e così, dopo aver perso il conto per ben due volte si scocciò. Infastidito dal non riuscire a contarli e dal non poter stare mai tranzollo, il ragazzo si alzò in piedi, prese la busta con i panini, si rimise le scarpe e disse ad alta voce: «Non so spiegarmi questo fatto». Poi si avviò verso la piscina comunale dove un ragazzo altoatesino, Mudey Carlo, gli aveva detto con uno sguardo ammiccante che c'erano: 80 per cento tonne. 10 per cento uomini e 10 per cento pampini.

STORIA DI UNA VAJASSA

Alla Rex di Calco una vajassa in fila dinnanzi a me ha i pantaloni di lino bianchi sgommati nella zona del perineo e sta agevolando una dozzina di svizzere di vitella sul nastro trasportatore: le copre vigilando e facendosi scudo con tutta la sua pinguedine come a non volermi mostrare con quali viveri si farcisce le interiora prima di decorare i tessuti di materia fecale attraverso il suo gargantuesco cagapranzo.

Vorrei dirle che non mi interessa e vorrei solo che finisse in fretta di ottenebrare e annichilire la mia persona, la mia – ridicola certo – ma dignitosissima persona, con questa ributtante tragedia mobile che è la sua vita, ma non lo faccio perché sono un signore, e i signori non parlano.

Cerco di distrarmi leggendo la busta di paella surgelata che tengo nella mano destra ma il mio sguardo non riesce a fare a meno di ritornare lì: su quei cuscinoni di grasso, su quei promontori di adipe che risucchiano il tessuto, lo accolgono, lo tinteggiano e lo rigettano in un fetido respiro. Un rumore sordo, continuo e vibrante, che producono volando alcuni insetti, un intenso ronzio proviene da quell'anfratto laido.

Non voglio credere ai miei occhi quando vedo tre, forse quattro mosche uscirne in un breve volo per ritornare rapide in planata su quei prosciutti e sfregarsi le zampine anteriori in segno di approvazione, prima di reintrodursi nella cavità.

La mia prima volta con una ragazza è stata d'estate, a una festa in un bosco, un sabato notte in cui non ricordo come fosse la luna nel cielo ma ricordo che c'era di sicuro, ed era in gran forma: avvertivo la sua presenza che rendeva tutto stranamente luminoso, per essere notte, con quelle tinte così affascinanti nelle varie pallide tonalità del blu e del giallo che solo certe lune piene estive ricreano, quindi posso dedurre fosse piena, la luna ma, soprattutto, ricordo bene tutto il resto.

Avevo da poco compiuto 15 anni e, fino a quel giorno, non avevo mai baciato una ragazza, se non una volta un bacio a stampo e finita lì, né tantomeno mi ero spinto in altre pratiche più adulte e proibite. Praticamente tutti, tranne i paraplegici, gli storpi e i deceduti, avevano, almeno nel più remoto dei casi, accattato un limone o combinato qualcosa con una femmina. Qualcuno era addirittura andato a puttane. Qualcosa di lontano anni luce da quel piccolo pianeta disperso ai margini dell'universo che ero allora.

Questa cosa mi faceva sentire uno sfigato e perciò agli altri avevo raccontato che una volta, l'estate precedente, al mare, avevo limonato duro (avevo usato proprio questi termini) una tedesca e che io avevo fatto un ditalino a lei e lei un segone a me.

Non contento, avevo aggiunto che in un impeto di passione mi aveva concesso di mettergliene dentro un pezzettino ma che, poi, aveva avuto chissà come un ripensamento, come un rimorso di coscienza e si era ritratta, e nonostante la mia insistenza e l'infinito piacere che le stavo provocando non aveva ceduto e si era congedata con la promessa di concedersi completamente se mai ci fossimo rivisti l'anno seguente.

Mi sembrava che la storia reggesse.

Raccontare che avevo chiavato, magari a pecora, o che mi aveva fatto un pompino con ingoio mi sembrava esagerato: ci avevo anche pensato di dirlo, che l'avevo gallata, ma non ero sicuro che ci avrebbero creduto. Invece così, mezzo e mezzo, andava bene.

Mi ero inventato tutto per bene compresi dei dettagli, tipo che avevo avuto un po' di difficoltà a slacciarle il reggiseno e allora mi aveva aiutato lei, e che poi quando ero andato giù con la mano per un attimo me l'ha fermata e mi ha chiesto di sussurrarle «Ich liebe dich», che in tedesco significa ti amo, che eravamo sugli scogli e sono passati due inglesi con il cane, un cocker, che facevano una passeggiata e a momenti ci vedevano e altre cose del genere cosicché: nessuno avrebbe potuto dubitare della credibilità del fatto.

Non baciava benissimo, concludevo con un'aria da grande amatore, poi, come dispiaciuto di averla per un attimo sminuita, aggiungevo: due tette così, seno perfetto, capezzolo rosa: eseguendo con le mani a conchetta e la bocca verso il basso la gestualità e l'espressività che si adottano quando si parla di grosse mammelle.

E tanto... chi l'avrebbe mai vista 'sta tedesca?

Me la sarei potuta tenere buona anche per quell'anno e inventare nuove storie se non fossi riuscito a combinare un cazzo neanche stavolta.

Dentro di me, continuavo a sentirmi addirittura più sfigato e ridicolo di prima ma mi ero auto convinto che con questa falsa iniziazione al sesso, questo vantarsi delle proprie gesta, sarei apparso davanti agli altri con occhi diversi, come uno che.

Mi vergognavo a morte ogni volta che raccontavo questa storia e a casa, a letto, mi rodevo di rimorsi considerandomi un poveraccio; un miserabile ridotto al punto di dover ricorrere a mezzucci del genere per rendersi quantomeno una persona interessante agli occhi degli altri, altri che: chissà se poi ci avevano creduto veramente e che, magari, quando non ero presente si facevano delle grasse risate alle mie spalle. Alle spalle dello sfigato: io.

Queste erano le turbe di un adolescente timido e frustrato.

Stefanie, si chiamava Stefanie la tedesca, la biondina.

Non mi ero neppure dovuto inventare il nome perché questa ragazza esisteva veramente ed era veramente tedesca ed era veramente bellissima ed era veramente al mare con me; con me si fa per dire. La sola differenza stava in quello che era accaduto fra noi, ossia: nulla.

Era una ragazza bellissima come ho già detto, biondissima, di razza arianissima.

L'esempio vivente di quello che Hitler avrebbe considerato la perfezione.

Jawohl, avrebbe detto annuendo, lustrandosi il baffetto con il pollice e l'indice della mano sinistra e dandosi una bella pasticciata ai genitali con la mano destra.

Nel mio immaginario stereotipato avrebbe sfornato come brezel piccoli e candidi frugoletti urlanti in quell'idioma così musicale che è il tedesco, frugoletti in costume tipico bavarese che sarebbero diventati musicisti, ricercatori, grandi chef e ingegneri e io sarei tornato a casa la sera in quella grande casa che aveva l'aspetto di una baita sulle alpi Svizzere ed era sempre bel tempo ma se per caso era brutto avevamo il camino e avevamo le mucche che si mungevano da sole e un cane intelligentissimo e non avevamo mai problemi di soldi e sorridevamo e.

Come uscita da una rivista o da uno spot della Nivea: lineamenti del viso armoniosi, fisico da fotomodella, sembrava galleggiare sull'aria (come su dei gavettoni di idrogeno cit. E.E.L.S.T.) a ogni passo e, cosa da non sottovalutare, aveva la pelle che abbronzandosi diventava del colore dell'ambra (cosa da non sottovalutare perché spesso gli individui di razza ariana tendono, mediante l'esposizione ai raggi solari, a ostentare sfumature bizzarre del magenta o varie tipologie di eritemi solari e a diventare in qualche modo di tinte simili al pigmento della corazza dei gamberoni. Lei no, non aveva difetti visibili; io non ne vedevo).

Quando l'ho vista la prima volta, uscire dall'acqua con il sole all'orizzonte che le formava un'aureola intorno al capo, sistemarsi il costume che si era leggermente spostato di lato rivelando della tenera e morbida carne più chiara di almeno due tonalità, scrollare i capelli, roteando sinuosa il capo e rilasciando così nell'atmosfera perle di acqua salata delle quali avrei voluto abbeverarmi come un vitellino assetato, ho sentito nella mia testa partire la sigla di *Baywatch* «Some people stand in the darkness...», seguita da una copiosa epistassi che mi ha costretto a correre al bagno del bar per tamponarmi il naso.

Ho immagazzinato immediatamente nella mia mente le immagini che mi erano passate davanti agli occhi alle voci: «Amore a prima vista» – «Materiale per seghe».

Pensavo al suo viso, al suo sensualissimo musetto da birba, un po' bambina un po' troia, pensavo alla sua figa e alle sue tette. Qualsiasi cosa avessi fatto in quei giorni, da lì in avanti, avrei pensato solo a lei, al suo viso, la figa e le tette: andavo al bar a prendere un Winner Taco: la figa e le tette; mettevo 500 lire nel videogioco per giocare a Fatal Fury: ok, ci siamo capiti.

Anche se tutto ciò mi disgusta, e mi disgusta la mia prosa bellettristica, sto cercando di scrivere nella maniera più simile a quello che avrei pensato se avessi scritto allora; e allora era così: dentro mi stava crescendo un dolore che non riuscivo a spiegare e che non riesco a spiegare nemmeno ora ma a quei tempi di imbarazzi e inadeguatezza e vergogne e desiderio e impulsi era tutto ancora da scoprire, da verificare più che altro. Sarebbe stata un'altalena di entusiasmi e delusioni che veniva spinta sempre meno fino a fermarsi quasi del tutto.

Fatto sta che quell'estate e in quel momento io ero un essere venuto su a brioscine, oratorio, cartoni animati giapponesi, telefilm americani e show nostrani pieni di bionde o more superdotate viste dallo schermo di un tv color con lo schermo a tubo catodico nel soggiorno di un piccolo paese bigotto della Brianza dove le fighe e le tette di quel livello si contavano sulle dita di una mano di un monco e, dentro me, stavano accadendo tutte queste dinamiche e questi cambiamenti che mi avrebbero portato a diventare un piccolo uomo ingrato e nichilista o qualcosa di molto simile.

A quei tempi nel mio mondo ideale io facevo il cacciatore di taglie, ero Lorenzo Lamas e la mia donna C.J. Parker, alias Pamela Anderson. Guidavo una Harley Davidson e indossavo un gilet a petto nudo, avevo un corpo tonico e muscoloso senza le dovute fatiche per ottenerlo e stivali di cuoio. Ho sempre desiderato essere un'altra persona, mi sembravano quasi tutti più fighi, più felici di me.

Ho passato il resto della vacanza a guardarla dal mio asciugamano che, anche quello mi remava contro, per via del vento non riuscivo mai a stendere in modo corretto formando ogni volta degli assurdi origami, origami sui quali cercavo di distendermi, goffo, mingherlino, con la maglietta per non mostrare la mia abbronzatura da muratore e il mio petto da uccello, incapace di esprimermi, timido, con tutto l'amore che avevo da dare e che mi bruciava dentro come fuoco, come un falò con al centro me stesso, legato a un palo che ardevo e.

Quando ero bambino festeggiavo il Carnevale in casa, io volevo vestirmi da Uomo Tigre come gli altri e li guardavo, gli altri bambini, sfilare in strada dalla finestra della mia camera, tutti vestiti da Uomini Tigre e io da Giacomo Leopardi.

Non sono riuscito a rivolgerle nemmeno una parola. Ho scoperto che si chiamava Stefanie perché ho sentito sua madre che la chiamava. Oh, Stefanie! Pensavo, e lo scrivevo o lo incidevo dappertutto.

Scusami Stefanie se ti ho usata. Davvero.

A quei tempi non avevamo internet per cercare le cose che non sapevamo su Yahoo Answer, o ascoltare le canzoni su YouTube. Se non si sapeva qualcosa si cercava di captare più informazioni possibili qua e là e, quando si parlava di quella tal cosa, che poteva essere una canzone, un film, un modo di fumare la marijuana o altro si annuiva per non passare per sprovveduti. Bisognava avere sempre l'aria di uno che le cose le sa.

Ci eravamo ritrovati subito dopo cena al parchetto, a quei tempi si mangiava al volo e si schizzava subito fuori di casa per non perdersi neanche un secondo di quello che sarebbe successo, come ogni sabato sera ognuno aveva collato cinquemila o diecimila lire per il fumo.

Il fumo, quel giorno, lo aveva recuperato Piero che andava a scuola a Milano e si era fermato in Sempione a comprarlo dai marocchini.

Me lo ricordo ancora che era tornato con due stecche lunghe e sottili. «Morbidu come scicca», gli aveva detto il marocchino che glielo aveva rifilato mentre un altro cercava di rubargli il portafoglio facendogli vedere delle mosse di judo.

Ce ne eravamo rollati uno bello grasso di prova nel tardo pomeriggio prima di andare a cenare a casa, collirio e a dopo.

Come mi siano rimasti in mente tutti questi dettagli inutili: non lo so.

Fatto sta che avevamo il fumo e avevamo 15 anni e tutto ci sembrava pazzesco, almeno da fatti.

Ho passato tutti gli anni della mia vita, dall'adolescenza in avanti, perennemente alterato da qualche sostanza stupefacente o da bevande alcoliche. Credo di esserne assuefatto. Le esperienze che ho fatto da lucido sono veramente poche e, se ben ricordo, ancor più tristi e avvilenti di quelle che ho fatto da sballato.

Eravamo lì, alle panchine, con i motorini, le bottiglie di vino recuperate nel pomeriggio al minimarket pronti per la serata che ci aspettava: una festa in collina con musica dal vivo, ragazze ubriache e tutto.

Il vino lo avevamo preso in un minimarket che c'era in centro e che ora ha chiuso. Era uno di quei piccoli supermercati con gli affettati, i formaggi, il pane, lo scatolame e lo stretto necessario per una piccola spesa, suddiviso in due corsie e gestito da una vecchia con i capelli e la cute di uno strano viola: dalla vecchia punk, lo chiamavamo.

Uno dei nostri passatempi preferiti era entrare nel negozio e cercare di trafugare più roba possibile. Si andava in due o tre e mentre uno distraeva la anziana commessa gli altri si farcivano i giubbotti e le tasche dei pantaloni di patatine, snack, birre e vino in cartone.

Poi si comprava un pacchetto di gomme da masticare o di caramelle e si andava a spartirsi la refurtiva al parchetto.

Rubavamo un sacco di sofficini Findus dentro ai quali si trovavano dei pupazzetti a forma di sofficini sportivi: il sofficino calciatore, il rugbista, lo schermidore ecc.

I sofficini surgelati ce li tiravamo addosso sprezzanti della fame nel mondo. Mi sono sempre domandato cosa pensasse la gente che andava al parchetto nel trovare tutti quei sofficini spiaccicati a marcire. Probabilmente pensavano fosse qualche pratica che avesse qualcosa a che fare con gli extracomunitari che stavano iniziando ad arrivare in pianta stabile in paese.

Non hanno mai capito un cazzo!

Spesso andavamo a fumare i cylooms in un prato vicino a casa di un mio amico. Suo padre, trovando i fazzoletti di carta arrotolati e sporchi di marrone, ha sempre pensato che fossero i negher che venivano lì a pulirsi il sedere in quello strano modo. Scuoteva la testa con disappunto fissando l'orizzonte verso sud, lui e le sue immagini di Africa nera ed esploratori in pentola.

Un giorno ricordo che si era sparsa la voce che quei sofficini erano delle esche messe lì per avvelenare i cani e ci avevano fatto anche un articolo sulla «Provincia». I giornalisti!

Io ero sempre uno di quelli che rubava.

Sembra un controsenso ma lo preferivo: il senso di colpa che ciò mi provocava era minore di quello che avevo provato l'unica volta in cui avevo avuto il ruolo di distrarre la vecchia.

Il vederla e, soprattutto, il sentirla trascinarsi a fatica con quella gamba zoppa per il negozio, quei capelli: scherzo di un parrucchiere crudele, trascinarsi a fatica, sì, perché non camminava: si trascinava per mostrarmi dove erano delle lenticchie o dei cetriolini sott'aceto che non avrei mai comprato.

Si chinava per aiutarmi, quasi spezzandosi in due quella schiena, troppo stanca per lavorare in una risaia, e quegli occhi!

Due dispenser di fiducia ricoperti di cateratta; fiduciosi nei miei confronti e in generale nella gioventù!

Fiduciosi nel diavolo!

Io: un ladro! Il diavolo!

E quel suono! Ah! Il suono di quella gamba zoppa che si trascinava a presso con fatica! Oh, quel suono! Quello strascichio! Quante notti mi ha tormentato e fatto sentire sporco! Il fautore del fallimento della sua piccola attività! Il lavoro di una vita!

Rubare e non guardarla negli occhi, quello sì: era molto meglio.

Rubare non pensando a chi si stava rubando. Alla fatica che doveva fare quella povera donna per tirare avanti in un mondo che non guarda in faccia nessuno! Ma che adrenalina che mi provocavano quei furtarelli: rubare ai deboli per puro spreco, per il puro gesto di farlo!

Quell'adrenalina era meglio di tutto e mi faceva dimenticare ogni cosa e mi faceva lanciare sofficini come coriandoli, come un pulcinella ubriaco di Tavernello.

Ero anche riuscito a completare la collezione di quei sofficini sportivi: sono rimasti su una mensola in camera mia per un paio d'anni, poi li ho rivenduti insieme ai puffi e alle sorpresine Kinder a un collezionista che aveva una bancarella in un mercatino dell'usato. Con i soldi devo averci comprato della droga o del vino.

Arrivati alla festa già fumati e mezzi ubriachi avevamo passato delle mezz'ore a vagare estasiati per una festa che sarebbe diventata uno degli aneddoti che ci saremmo raccontati nelle melanconiche occasioni future in cui ci saremmo trovati casualmente in un bar a bere e a ricordare un passato idealizzato che non può certo competere con quel presente composto da te e i tuoi amici, ormai vecchi, seduti a un tavolo a bere e a ricordare. Quel presente che si attacca a quel passato con rimpianto e nostalgia velati da risate amare.

All'improvviso, mentre eravamo seduti in un angolo a far girare del vino marcio e una serie di carciofi, velieri e bong, era arrivato Luciano dalla boscaglia e ci aveva dato la notizia che, in un capanno di cacciatori a qualche centinaia di metri da lì, c'era questa tizia qua, Teresa Manzo si chiama, che dava da scopare per tutti figa, bocca e culo.

Quasi non ci si credeva.

Attraversati dei cespugli che circoscrivevano la festa ci eravamo incamminati per una radura, illuminata da quella luna che non ricordo, ebbri di vino e di un entusiasmo da militari in congedo dopo aver vinto una battaglia e conquistato un paese e le sue femmine.

Ricordo le risate e le parole volgari mentre, a ogni passo che mi avvicinava a quel capanno, sentivo salirmi fino in gola un'ansia, mista a una morbosa curiosità che si trasformavano in rutti acidi al sapore di bile e vino in cartone e.

Ero in fila fuori da questo capanno da cui entravano e uscivano i miei amici uno dietro l'altro a intervalli di circa cinque o dieci minuti non saprei quantificare e la musica e le luci della festa in lontananza e il bosco e il buio e continuavo ad accendermi sigarette e a dire cose e a farmi coraggio manco fossi stato in fila per una colonscopia.

Sembravano tutti soddisfatti e si fermavano a piccoli gruppi a parlare tra loro.

Ma come era possibile che una ragazza fosse lì dentro e accettasse di fare una cosa del genere? Con chiunque si presentasse poi! E cosa ci facevo io lì? Volevo essere da tutt'altra parte ma non potevo. Avrei potuto ma come mi sarei giustificato con gli altri? Sarei decisamente passato per frocio!

Mi mancava quel carisma in più, quella sicurezza

che mi permettesse di differenziare le mie scelte da quelle del branco, volevo e soprattutto dovevo essere come loro: far parte di quel branco, condividere tutto come dei lupi del cazzo. Avrei voluto essere un lupo Alpha ma ero solo un lupo Omega mascherato.

Davanti a me, pronto per entrare, ormai, c'era solo Luciano: quello che ci era venuto a chiamare, un ragazzo meridionale di un paio d'anni più grande di me. È entrato senza chiudere del tutto questa porta ricoperta di foglie e, da uno spiraglio, l'ho visto armeggiare con qualcosa che sembrava un grosso cinghiale: si sono sentite delle grida e poi il rumore di due corpi che cozzavano l'uno contro l'altro come se si stessero schiaffeggiando e la voce di Luciano, me lo ricordo ancora, che sembrava così adulta e che diceva: «Senti chista sausizza calabbrese! Ti piace la sausizza calabbrese!? Senti chistu tremmani!»

Ero terrorizzato.

Finito il suo repertorio da macho mediterraneo sarebbe stato il mio turno e mi tremavano le gambe, mi veniva da vomitare.

Quel momento arrivò in fretta.

Ho buttato giù quando più vino potevo dal cartone, ho buttato a terra la sigaretta e sono entrato.

Poi: la corsa al pronto soccorso.

Non infilate mai due dita nell'ano di una vajassa obesa che ha la tosse o la pertosse (abbreviato per scrivere un sms: xtosse) perché, proprio per via di un colpo di tosse, l'ano potrebbe contrarsi all'improvviso e fratturarvi entrambe le dita.

Questo produrrebbe un rumore simile a quello di n°2 grissini «Roberto» che si spezzano nel tentativo di emulare ciò che si è appreso da uno spot pubblicitario e che non è riproducibile con un tonno (thunnus) che non sia Rio Mare; per di più vi provocherebbe della rabbia gratuita (gratis), solo in parte giustificabile, nei confronti di quel corpacciuto pachiderma femmina, che vi dà le spalle, con il viso girato di 3/4 nella vostra direzione e sul cui sovralimentato viso, appunto, è dipinta un'espressione ora di stupore, ora di disagio, di nuovo stupore, disagio, stupore, poi entrambi insieme.

La stessa bocca che fino a qualche attimo prima aveva pronunciato, con un accento probabilmente identificabile con quello della prov. di Isernia, la ributtante frase «Ah! Come lo sentobbene!» ora disegna una O perfetta nella sua imperfezione.

Riuscite a percepire, per mezzo delle vostre attente narici, un lieve sentore di sperma uscire da quella O.

La frattura, oltre a essere molto dolorosa, potrebbe anche crearvi imbarazzo quando vi chiederanno: «Ehi, ma cosa hai fatto alle dita?» perché tutti (i passanti), non appena ti vedono un cerotto addosso, ti chiedono «Perchémmai hai un cerotto addosso? Cosa ti sei fatto?» Lo vogliono sapere solo per dare un suono all'aria, visto che in realtà non gli interessa veramente.

Però la cosa li colpisce molto.

Ti osservano la benda con la stessa intensità di sguardo di un pappagallino in gabbia mentre gli viene avvicinato un osso di seppia alle sbarre.

Consiglio: se ti vedono due dita steccate è meglio che non dici che te le sei rotte per via di una cicciona che ha tossito e tu avevi entrambi gli anulari nel suo sfintere. Specialmente evita di dirlo a tavola, che a la gente perbene non piace immaginarsi l'asterisco imperfetto e dilatato di una persona sovrappeso che si assorbe e si intasca le tue mani, rispecialmente se sta portando alla bocca una forchettata di linguine ai funghi porcini rumeni secchi (Boletus edulis).

Esco dalla Rex turbato.

La vajassa e le mosche che contiene hanno raggiunto l'abitacolo dell'automobile che le condurrà verso nuove emozionanti mete.

L'excursus termico fra l'aria condizionata del supermercato e il parcheggio ha l'effetto di un'iniezione di morfina.

L'aria è alito di drago.

Galleggio verso la macchina mentre le ciabatte mi si sciolgono sull'asfalto.

STORIE DI CAVALLINI NANI

Al di là della superstrada, in una zona prevalentemente ricoperta da terreni agricoli, due cavallini nani, marroni, sgraziati, con lunghe e lisce criniere bionde, corrono imbizzarriti in un recinto a Lomagna, in Brianza.

Nonostante siano due figure grottesche e tutt'altro che armoniose, con quelle zampine corte simili a cotechini, a una prima occhiata paiono felici ed evocano immagini di libertà, nonostante il recinto.

Poi, ruotando la testa verso sinistra, notiamo il piccolo James Brambilla: un dodicenne e mezzo, affetto da pinguedine, con un frustino di carbonio in mano.

Il piccolo James, con un sorriso divertito e vagamente sadico, fende smargiasso l'aria e scudiscia i quarti posteriori dei due animali con il suo staffile acquistato, con il padre, nel reparto equitazione del vicino Decathlon di Osnago (LC).

Le bestiacce hanno gli occhi strabuzzati all'esterno dei crani e sono sudate come se fossero montate da cristofori vestiti con camicie Dinoerre Collofit.

All'improvviso, una delle due beffarde creature, la più minuta, stramazza al suolo con la bava alla bocca. Il suo cuoricino, complice il caldo, è stato portato a regimi troppo elevati.

Il fox terrier di James, Daitarn 3, si avventa, ringhiando, su un orecchio del piccolo equino; staccandolo dalla carcassa grazie a ripetute torsioni del collo.

Il suo padroncino, amareggiato dalla fragilità del suo destriero, infligge ripetuti colpi di frusta all'animale, intimandogli di alzarsi.

La giovane Daisy Cattaneo, appoggiata alla staccionata, con una camicetta a scacchi sbottonata fino al seno acerbo – e che era stata invitata, in mattinata, tramite un bigliettino dotato di risposta a caselle SÌ/NO/CI DEVO PENSARE, da parte di James, a vedere i cavallini, ma con il reale intento di «magari portare a casa un limone» – piange disperata davanti alla crudeltà della vita e a quella degli obesi benestanti.

Il superstite, fra i due minicavallinidelcazzo, fissa l'orizzonte, delimitato dalle prealpi e segato dal Resegone, in un punto imprecisato. Il suo sguardo è assente.

Senza un perché definibile a parole, pian piano, il pene gli sta uscendo dalla sacca contenitiva, arrivando quasi a sfiorare il terreno argilloso.

Daitarn 3, che ha finito l'orecchio, ha già adocchiato quella appetitosa salsiccia e sta partendo alla carica, ringhiando.

Il giovane Dylan Valsecchi passa impennando sul suo Gilera Bullit elaborato, col 21.

Ha appena perso la verginità, per merito di una troia non male e con un ideogramma tatuato sopra al culo significante: Bobo Vieri Was Here, spendendo 40 euro, e vuole andare a vantarsene al parchetto.

Dietro la prossima curva lo sta aspettando la morte nei panni di ghiaia sull'asfalto + un platano.

Silenzio.

In centro a Cernusco Lombardone, nello stesso momento, due dj di una radio locale stanno intervistando un ragazzo:

John Mauri.

Johnny.

Di Robbiate.

Ahahaha.

In ditta.

Odio i lunedì.

Peugeot 106 rally.

Forza Juventus.

Ma te sei fuori.

Di brutto la figa.

A pecora.

Forse Forte dei Marmi.

Bobo Vieri e Pippo Inzaghi.

Perché scopano le fighe.

Essere coerenti e l'amicizia vera.

Troppo ridere Massimo Boldi.

Discoteca, italiana, un po' di tutto.
Nemmeno con un fiore.
Bella.
Un saluto agli amici e a tutte le fighe.
E quel giorno finisce lì.
E oggi, che è un altro giorno, ci sono io che passo via in macchina e confesso che, non so perché, ma nella discesa che precede casa mia accelero sempre un po'.
Qui dietro casa mia c'è un ristorante.
Questo ristorante è sempre pieno.
È sempre pieno di famiglie con bambini, tantissimi bambini che gridano.
E macchinoni per famiglie con dieci posti a sedere.
E quando rincaso la sera non trovo mai posteggio.
Io bestemmio e poi parcheggio 200 metri più avanti e bestemmio di nuovo.
Il padrone del ristorante, quest'estate, siccome non sapeva cosa cazzo fare, ha comprato un cavallino.
Un cavallino nano.
Una mostruosità.
È una bestiaccia grossa come un cane ma è un cavallo.
Lo ha chiamato: Cavallino.
Lo ha comprato per i bambini.
Siccome erano pochi, lo ha comprato per attirarne di nuovi.
Lo ha comprato dall'allevamento dei Brambilla, era il cavallino superstite.
Ora i Brambilla trattano maialini nani vietnamiti.

I bambini che sanno che al ristorante c'è il cavallino, bambini uguali e diversi ogni giorno, rompono i coglioni ai genitori dicendo: «Vogliamo andare a vedere il cavallino! Vogliamo Cavallino!»

E se i genitori non li portano piangono.

E allora tutti al ristorante a sforchettare e a brindare.

Il povero cavallino, che già non è normale, povera bestia, viene circondato ogni sera da nugoli di piccini inferociti.

E giù a fargli le carezze e a tirargli la coda e a montargli in groppa e dargli il fieno.

Tutte quelle manine appiccicose.

La bestiaccia è diventata obesa e un po' lunatica.

Una sera di luglio, un bambino di nome Fumagalli Raimondo va con i suoi fratellini e le sue sorelline a giocare col cavallino.

I Fumagalli, tra fratellini e sorelline, saranno una dozzina.

Raimondo è il più grandicello.

La bestia è subito braccata.

I genitori a tavola con amici ad abbuffarsi di linguine mari e mari, la specialità del posto.

Raimondo, Raimondo! Posso salirgli in groppa? Dai voglio salirgli in groppa!

Anch'io! Anch'io!

Latrano le sorelline.

Così: ecco cinque bimbette urlanti in groppa a una bestia grossa come un pastore tedesco.

E gridano: «Evviva il cavallino! Evviva Cavallino!»

Al cavallino si strabuzzano gli occhi e tremano le zampe dalla fatica.

Raimondo infila in bocca all'animale un pezzo di mortadella e lo trascina per le redini nel giardino.

«Muoviti Cavallino, dai!» dice tirando.

Il piccolo Riccardino Fumagalli decide di piantare una forchetta nel quarto posteriore destro dell'equino per farlo galoppare.

La bestia, imbizzarrita, scalcia con le zampe posteriori colpendo in pieno viso Riccardino: uccidendolo.

Poi disarciona le bambine, una delle quali, a scelta, nel cadere si spezza l'osso del collo e muore.

Tutti piangono e corrono dai genitori.

«Il cavallino è cattivo! Cavallino è cattivo!»

L'animale continua a correre nitrendo indemoniato per il giardino.

Poi lutto in tutto il paese, articoli sui giornali.

Sono andato per la prima volta a mangiare in quel ristorante.

Ho insistito per avere il cavallo ai ferri.

Lì, a tavola, ho conosciuto una cameriera che… lasciamo perdere.

INDICE

ROMANZI E RACCONTI

Erica Arosio, Giorgio Maimone, *Vertigine*
Martina Liverani, *Manuale di cucina sentimentale*
Michele Lauria, *Un piccolo Dio*
Petra Hůlová, *Trilocale di plastica*
Maria Tarditi, *Pecore matte*
Alberto Custerlina, *All'ombra dell'Impero*
Åke Edwardson, *Stanza numero 10*
Nicky Persico, *Spaghetti Paradiso*
Hélène Battaglia, *Una promessa di felicità*
Fulvio Abbate, *Intanto anche dicembre è passato*
Caterina Cavina, *Le ciccione lo fanno sempre meglio*
Evgenija Ginzburg, *Viaggio nella vertigine*
Eduardo Rebulla, *Le conseguenze estreme*
Roberto Mandracchia, *Vita, morte e miracoli*
Noémi Szécsi, *La vampira snob*
Barbara Buoso, *L'ordine innaturale degli elementi*
Tommaso Pellizzari, *Movimento per la disperazione*
Jonathan Ames, *Non sei mai stato qui*
Francesco Consiglio, *Le molecole affettuose del lecca lecca*
Claudio Fava, Michele Gambino, *Prima che la notte*
Roberta Torre, *Il colore è una variabile dell'infinito*
Michele Santeramo, *La rivincita*
Luca Ragagnin, *Marmo rosso*
Mauro Berruto, *Independiente Sporting*
Gaia Giordani, *Sei proprio una scema*
e.e. cummings, *La stanza enorme*
Francesca Reggiani, *L'angelo nelle nove*
Monica Zapelli, *Il cielo a metà*
Corrado Fortuna, *Un giorno sarai un posto bellissimo*
Davy Rothbart, *Il cuore è idiota*

Fabio Geda, *Nel mare ci sono i coccodrilli*
Alberto Manzi, *E venne il sabato*
Alberto Schiavone, *Nessuna carezza*
Francesca Ramos, *Diciotto ossa rotte*
Simonetta Sciandivasci, *La domenica lasciami sola*
Antonio Pennacchi, *Camerata Neandertal*
John Dos Passos, *Manhattan Transfer*
Eduardo González Viaña, *La ballata di Dante*
Francesca Romana Capone, *Più di quel che avanza*
Ken Saro-Wiwa, *Sozaboy*
Emma Dante, *Le principesse di Emma*
Francesco Mandelli, *Osnangeles*

Stampato nell'ottobre 2014
per conto di Baldini&Castoldi s.r.l.
da L.E.G.O. S.p.A. - Lavis (TN)